Friedrich Bach

Meine Erinnerungen an die NS-Zeit in
meiner Heimatstadt Geilenkirchen,
an die Evakuierung
und die ersten Nachkriegsjahre

Friedrich Bach

Unter die Räder gekommen

Meine Erinnerungen an die NS-Zeit in
meiner Heimatstadt Geilenkirchen,
an die Evakuierung
und die ersten Nachkriegsjahre

© 2014 Friedrich Bach, Geilenkirchen

Covergestaltung und Layout:
Edmund Mertens, Aachen

Autorenfoto:
Udo Stüßer, Geilenkirchen

Sonstige Fotos:
Privatarchiv Bach, Archiv Stadt Geilenkirchen

Herstellung und Verlag:
BoD - Books on Demand, Norderstedt

ISBN: 978-3-7357-9366-9

Meiner Frau Marlene,
meinen Kindern
Birgit, Gregor, Markus, Christof und Mechthild

Inhalt

3. Teil

Die ersten Nachkriegsjahre 95

Vorwort

Meine Heimatstadt Geilenkirchen könnte stellvertretend stehen für die Namen vieler anderer Orte in Deutschland, wo sich Ähnliches vor Ende des 2. Weltkrieges abgespielt hat.

Für den ortsunkundigen Leser einige Informationen: Geilenkirchen liegt an dem kleinen Flüsschen Wurm, die im Aachener Wald entspringt und auf dem Gebiet der Stadt Heinsberg in die Rur mündet. Die Wurm war in vergangenen Zeiten immer schon ein Grenzflüsschen und auch heute noch zwischen Übach-Palenberg und Herzogenrath zu den Niederlanden hin. Ihre Ufer säumen viele Burgen und Schlösser. Bis zur kommunalen Neugliederung 1972 war Geilenkirchen Sitz der Kreisverwaltung des Selfkantkreises Geilenkirchen-Heinsberg. An der Bahnstrecke Aachen–Mönchengladbach gelegen, zählt es heute ca. 28.000 Einwohner. Geilenkirchen ist Standort der Nato-Airbase mit AWACS-Verband, Bundeswehr, vieler Schulen, eines Krankenhauses, zentralörtlicher Einrichtungen, Behörden, Handel und Gewerbe.

Ursprünglich waren meine Aufzeichnungen nur für meine Kinder gedacht, sozusagen für das Familienarchiv. Es war nämlich immer schon mein Wunsch, etwas mehr über meine eigenen Vorfahren zu wissen, über ihre Familien, ihre Berufe, ihre Lebensgewohnheiten, was sie von geschichtlichen Ereignissen mitbekommen hatten, ihrer religiösen Überzeugung usw. Es gab keine Chance, darüber nachträglich etwas heraus zu bekommen. Mein Wissen um meine Vorfahren blieb im Wesentlichen begrenzt auf die Daten, die die Dokumente der Familienbücher hergeben.

Meinen Kindern sollte es nicht ebenso ergehen. Das war die 1. Motivation für meine Notizen. Hinzu kamen Aufzeichnungen über gemeinsame Erlebnisse mit meinem Freund, die ich 2006 zu seinem 75. Geburtstag aufgezeichnet hatte.

Zeitlebens habe ich mich für Geschichte im Allgemeinen, speziell aber für die jüngere Zeitgeschichte interessiert und damit befasst. Auf Grund der Fülle meiner Erinnerungen an die Zeit des Nationalsozialismus ist dann schließlich die Idee zur Auflage dieser kleinen Schrift geboren worden. Bei meiner Vertiefung in die lokale Geschichte ist mir selbst erst aufgefallen, dass sich am 13. September 2014 der Tag der zwangsweisen Evakuierung der Geilenkirchener Bevölkerung zum 70. Mal jährt.

Den 1. Teil meiner Arbeit habe ich überschrieben mit 'Meine Erinnerungen an die NS-Zeit in Geilenkirchen'. Es sind Rückblicke auf die Zeit bis zur Evakuierung im September 1944, die Zeit meiner Kindheit also, wie ich sie erlebt und empfunden habe. Andere Gleichaltrige können dieselben Ereignisse ungleich in ihrer Erinnerung behalten haben. Es wird sicher so sein, dass ich bedeutende Ereignisse in dieser Zeit gar nicht registriert und demzufolge nicht erwähnt habe. Vorstellen könnte ich mir, dass es für Leser meiner Erinnerungen reizvoll wäre herauszufinden, was sie noch zusätzlich zu diesem Aufsatz hätten beitragen können. Das wären gewollte Denkanstöße.

Beachtet habe ich bei meinen Notizen, dass die von mir geschilderten Begebenheiten möglichst, wenn nicht einen unmittelbaren, aber wenigstens mittelbaren Bezug zu politischen Ereignissen auf anderen, höheren Ebenen haben. Das gilt ebenfalls für den 2. Teil meines Aufsatzes 'Die Evakuierung'. Im 3. Teil 'Die ersten Nachkriegsjahre' handelt es sich um keine Kindheitserinnerungen mehr, sondern um die eines Halbwüchsigen.

Mein Eindruck täuscht mich wohl nicht, dass die Ereignisse in der NS-Zeit bisher in manchen lokalen, zeitgeschichtlichen Schilderungen und auch gelegentlichen Ausstellungen mitunter entweder überhaupt nicht erwähnt, mit Rücksicht auf noch lebende Personen 'unter den Teppich gekehrt', oder aus welchen Gründen auch immer bewusst oder auch unbewusst ausgeklammert bzw. verkürzt worden sind. Eine Ausnahme bildet die häufige Erwähnung der Zerstörung der Synagoge in unserer Stadt durch die Nazis in der Reichskristallnacht 1938.

Was kann man von Erinnerungen aus der Kindheit erwarten? Ob sie es Wert sind, vor dem Vergessen bewahrt zu werden? Das muss jeder selbst entscheiden.

1978, also schon 33 Jahre nach Hitlers Selbstmord, schrieb der Historiker Sebastian Haffner in seinem Buch 'Anmerkungen zu Hitler' folgendes: „Weniger gut ist, dass die Erinnerung an Hitler von den älteren Deutschen verdrängt ist und das die Jüngeren rein gar nichts von ihm wissen". Zitat Ende.

Es liegt mir fern, mit meinen 'Erinnerungen an die NS-Zeit' verheilte Wunden wieder aufzureißen. Ich weiß, dass es unter den Nationalsozialisten hier am Ort auch Menschen gegeben hat, die sich nach besten Kräften für das Gemeinwohl eingesetzt haben. Nach Ende der Nazi-Zeit gab es ehemalige Parteigenossen, die sich in unserer neuen, demokratischen Gesellschaftsordnung überzeugend engagiert haben. Man muss nicht immer bei der Umorientierung eines Menschen an Opportunismus denken, auch dann nicht, wenn sie unter dem Druck veränderter gesellschaftlicher Verhältnisse erfolgt ist. Nimmt man Menschen die Chance eines Neubeginns, glaubt man im Grunde nicht an die Wandlungsfähigkeit eines Saulus zu einem Paulus.

Mit einem Abstand von 70 Jahren und mehr dürfte längst die Zeit für eine emotionsfreie, sachliche Reflexion der NS-Zeit reif geworden sein. Diese Formulierung hat schon im Vorfeld der Veröffentlichung zu

Missverständnissen geführt. Ich verweise auf den Nachtrag am Ende dieser Aufzeichnungen, den ich eigens diesem Thema gewidmet habe.

Das Bildmaterial zu meiner Schrift möchte ich beschränkt lassen auf die Bilder aus eigenem Besitz und einer Auswahl aus dem Archiv der Stadt Geilenkirchen.

Die in der NS-Zeit mehr als heute verbreiteten üblichen Abkürzungen habe ich im Anhang kurz erläutert.

* * *

1. Teil

Meine Erinnerungen an die NS-Zeit in Geilenkirchen

Räder müssen rollen für den Sieg, oder Feind hört mit. So lauteten die Parolen auf großen Plakaten in Bahnhöfen und anderen öffentlichen Gebäuden. Das war erst später in der Nazi-Zeit, als schon der Krieg tobte. Aber alles der Reihe nach.

Früheste Erinnerungen und Schulzeit

Eine kleine Studie über die Lebensart in meinem Elternhaus vermittelt vielleicht etwas von der Atmosphäre einer christlich geprägten, kleinbürgerlichen Familie in damaliger Zeit. Meine Mutter war eine lebensfrohe, lebenstüchtige, fromme Frau. Sie erfüllte nicht nur an Sonn- und Feiertagen ihre Christenpflicht durch regelmäßigen Gottesdienstbesuch, sondern bemühte sich, uns Kindern ein Vorbild beim monatlichen Beichten und anderen religiösen Übungen zu sein. Sie war selbstverständlich Mitglied des katholischen Müttervereins. Für uns Kinder baute sie im Frühling in unserem Kinderschlafzimmer immer ein Maialtärchen, wobei ich eifrig mithalf. Bei Unwettern betete sie bei einer brennenden Kerze mit uns auf dem Boden kniend zu allen Schutzengeln und Heiligen um Schutz und Schirm. An jedem Sonn- und kirchlichen Feiertag ging die ganze Familie gemeinsam zum Gottesdienst. Danach erst wurde wegen des Nüchternheitsgebotes gefrühstückt. Dann bereitete meine Mutter das sonntägliche Mittagessen zu. Mein Vater saß gerne neben dem Küchenherd und ließ sich von meiner Mutter mit kleinen Kostproben ein wenig verwöhnen. Dabei steckte er sich mit Freude eine Sonntags-Zigarre an. Das ergab ein wunderbares Gemisch von Düften der Rindfleischsuppe mit dem Zigarrenqualm. Wenn wir den in der Nase hatten, dann war bei den Bachs Sonntagsstimmung.

Nach dem Essen blieb oft das Geschirr auf dem Tisch stehen. Was geschah dann? Es wurde diskutiert über Gott und die Welt. Dabei ging es manchmal ganz schön heftig zu. Als Jüngster im Familienkreis spitzte ich aufmerksam die Ohren. Wenn keine gemeinsamer Nenner gefunden wurde, höre ich noch heute meine Mutter sagen: „Ihr müsst das so nehmen, wie es ist, das ist so und das bleibt auch so, basta".

Mit diesen Worten wurden wir zu unseren sonntäglichen Pflichten zurückgerufen. Es wurde reiner Tisch gemacht, wir Jungs halfen beim Spülen und wienerten mit unseren kräftigen Armen die Herdplatte des Küchenherdes auf Hochglanz, das war unser Stolz.

Wenn wir damit fertig waren, läuteten meistens schon die Kirchenglocken, die uns zur Christenlehre in die Pfarrkirche riefen.

„Willike, sing doch noch mal das Lied, was du so gut kannst." Willike, ein kleiner Knirps, noch nicht in der Schule, ließ sich von seinen Eltern, die bei uns zu Besuch weilten, nicht zweimal bitten. Hell und klar schmetterte er das Lied mit dem Refrain „Denn wir fahren gegen Engeland, Engeland, Ahoi".

Meine Eltern waren Zugezogene in Geilenkirchen, mein Vater aus der Eifel, meine Mutter aus Unterbruch bei Heinsberg. Das 'Licht der Welt' habe ich auf der Heinsberger Straße in Geilenkirchen erblickt. Zu welchem Geburtsjahrgang ich gehöre, lässt sich leicht im Kopf aus meinem Einschulungsjahr errechnen. Nach meiner Schwester und meinen beiden älteren Brüdern war ich das Schlusslicht in unserer Familie.

Am 13. April 1937 wurde ich in die fünfstufige katholische Volksschule Geilenkirchen aufgenommen. Die Aufnahmebescheinigung ist unterzeichnet von meinem 1. Klassenlehrer Schmitz, der an der Hünshovener Gracht neben dem heute noch existierenden Schulgebäude wohnte.

Weitere Klassenlehrer/innen bis zur Evakuierung waren lt. Zeugnisheft: Herr H. Schölkens, Frau M. Dieken, Frau K. Müller, Frau Dasbach und die Lehrer Lindemann und Krüger. Bis 1939 sind meine Zeugnisse vom Schulleiter W. Arnolds mit unterzeichnet.

Die damals übliche und zulässige Prügelstrafe in Schule und Elternhaus (auch im kirchlichen Religionsunterricht) habe ich nur selten am eigenen Leibe zu spüren bekommen. Alle Lehrkräfte hatten ihre eigene Methode der körperlichen Züchtigung, manche waren gefürchtet. Es kam mir auch ein umgekehrter Fall zu Ohren, wo sich ein Lehrer vor den Schlägen seines eigenen Schülers fürchten musste. Dabei handelte es sich angeblich um einen kräftigen Burschen der Oberklasse; er ging später zu den Fallschirmjägern.

Ein weltanschaulicher Einfluss machte sich im Unterricht nach meiner Erinnerung bis zum 3. Schuljahr nicht oder kaum bemerkbar. Wurde täglich zum Unterrichtsbeginn- oder ende in der Schule gebetet? Unterstanden die jüdischen Kinder wie alle Kinder

Autor Friedrich Bach im zweiten Schuljahr, 1938 (Privatarchiv Bach)

Familie Bach in ihrem Garten mit einquartiertem Soldaten, 194[]

Familienfeier zur ersten heiligen Kommunion des Autors, 1940

der Schulpflicht? Eine verlässliche Information lautet, dass sie die evangelische Schule am Hünshovener Markt besuchten. Dagegen spricht möglicherweise eine Bildbeschreibung der Synagoge, worin das Nebengebäude als jüdische Schule bezeichnet wird. Kann daraus gefolgert werden, dass dort tatsächlich eine jüdische Schule bestanden hat? Daran knüpfen sich meine Fragen, ob, seit und bis wann dort eine eigenständige jüdische Schule bestanden hat. Oder handelte es sich bei dem Nebengebäude lediglich um eine Unterrichtsstätte zur Erteilung jüdischer Lehre?

Das Lehrfach Religion wurde noch bis zu meinem 3. Schuljahr in der Volksschule benotet, dann weiter nicht mehr. Das muss vermutlich der Zeitpunkt gewesen sein, zu dem die konfessionellen Schulen 'über Nacht' und in der Öffentlichkeit kaum registriert, abgeschafft wurden. Evangelische und katholische Kinder fanden sich plötzlich in einer Klasse zusammen. Wir freuten uns über die neuen Schulkameradinnen- und Kameraden. Ich habe diese als Bereicherung erlebt. Eine neue Klassenkameradin habe ich in meinem Gedächtnis behalten, weil sie mir während einer Krankheitszeit jeden Tag, ohne sie eigens darum gebeten zu haben, von der Schule die Hausaufgaben nach Hause brachte. Sie wohnte auf Gut Hommerschen, unmittelbar vor unserer Stadt. Einmal habe ich einen Schulkameraden beobachtet und heimlich beneidet, weil er einer neuen Klassenkameradin auf dem Nachhauseweg freundschaftlich seinen Arm über die Schultern legen durfte.

Die Auflösung der konfessionellen Schulen werteten Historiker nach dem Kriege so, dass die Nazis dadurch unbeabsichtigt, ungewollt einen beachtlichen Beitrag zur Ökumene zwischen den beiden großen Religionsgemeinschaften gestiftet hätten.

Wer hat nicht noch das Bild von den Appellen auf dem Schulhof zu Beginn und nach den großen Ferien vor Augen? Dabei musste das 'Deutschlandlied', und 'Die Fahne hoch' abgesungen werden, mit erhobener Rechten, die immer schwerer und müder wurde.

Wer erinnert sich nicht an die vielen Ernteeinsätze auf den Bauernhöfen in der Umgebung, vom Rüben einzeln im Frühjahr bis zur Rübenernte im anbrechenden Winter. Heilkräuter sammeln und Kartoffelkäfer suchen war ebenfalls unsere Aufgabe. Die Heilkräuter wurden in großen Mengen in der Aula getrocknet. Natürlich wurde die Hilfe von uns Schulkindern bei der Kartoffelernte gebraucht. Unendlich viel Unterrichtszeit ging uns verloren durch die Belegung der Schulen vor Ausbruch des Westfeldzugs' im Frühjahr 1940 mit deutschem Militär. Ersatzschulräume wurden gefunden in der alten Schule in der Kirchstraße, der Ursulinen-Schule, dem Jugendheim am Damm und später auch in der ehemaligen evangelischen Schule. Fliegeralarme häuften sich nicht nur nachts, sondern auch tagsüber. Heulten die Sirenen während der Schulzeit, hieß es, auf schnellstem Wege und geordnet in den Luftschutzbunker neben dem Schulgebäude zu gelangen. Wegen der Versorgung mit Frischluft im bombensicheren Bunker mussten

Hindenburgstraße, Ecke Marktplatz 1938 (Archiv Stadt GK)

die stärkeren Jungen meiner Klasse den schwergängigen Ventilator orgeln. Wenn schon Fliegeralarm vor Beginn des Unterrichts gegeben wurde, machten wir uns erst gar nicht auf den Weg zur Schule. Zu Unterrichtsausfällen kam es dann in besonders starkem Maße durch die Evakuierung, in der ich zeitweise keine Schule gesehen habe.

Anfangs hatten wir vor Freude getanzt, wenn wir beobachten konnten, wie deutsche Jagdflugzeuge feindliche Flugzeuge aus den Bomberverbänden herausschossen. Von Mitgefühl für die dabei häufig zu Tode gekommene Flugzeugbesatzung keine Spur, davon hatten wir keine Vorstellung, darüber machte man sich keine Gedanken. Luftkämpfe konnten von uns Kindern besonders gut von den Feldern aus beobachtet werden. So erlebten wir aus nächster Nähe

beim Rübeneinzeln den Absturz eines viermotori-
gen amerikanischen Bombers mit seiner gesamten
mörderischen Bombenlast vor der Feldscheune von
Rittergut Muthagen an der B 221 vor Geilenkirchen.
Diese Flugzeugbesatzung konnte sich mit Fallschir-
men retten.

Später erhielten die Gegner mehr und mehr die
Lufthoheit. Wir Deutsche wurden selbst immer mehr
die Gejagten. Feindliche Jagdflugzeuge beschossen im Tiefflug alles, was sich am Boden bewegte.
Besonders gefürchtet waren die britischen Jagdflugzeuge mit doppeltem Rumpf, die 'Lightnings'.

Unvergessen bleibt der Angriff auf einen Kleinbahn-
zug im Selfkant, bei dem viele Tote zu beklagen waren. Nicht mal Radfahrer und Fußgänger waren vor
den Tiefffliegern sicher.

Ich möchte noch mal auf das Rübeneinzeln zurück-
kommen. Für uns Kinder war es eine Schinderei.
Es gab noch keine modernen Saatmaschinen, die
die Saatkörner einzeln in den Boden einbringen
und das Einzeln von Hand erübrigt hätten. Vor uns
die unendlich langen Reihen der aufgehenden Saat.
Erwachsene hackten die dicht aufgehenden jungen
Rübenpflanzen quer. Wir Schulkinder rutschten
auf den Knien durch die Reihen und mussten die
Feinarbeit machen, d.h. die jungen Pflänzchen so
vereinzeln, dass sie genügend Abstand voneinander
hatten, um gut gedeihen zu können. Besonders bei
trockenem Boden schmerzten unsere Knie sehr. Zum

Notlandung einer amerikanischen 'fliegenden Festung'

Teil wurde unsere Arbeit kontrolliert. Wer sich von uns Kindern ungeschickt anstellte, brauchte nicht mehr wiederzukommen.

Wir amüsierten uns über eine Aufseherin, die sich in unseren Augen gerne aufspielte. Sie stolzierte um uns am Boden arbeitenden Kinder herum in Reithose, Stiefeln und einer Gerte in der Hand wie eine Gutsherrin, die sie nicht war.In unseren Reihen war ein Klassenkamerad, der sich gerne mit Zoten brüstete. Eine hatte sich davon in meinem Kopf eingenistet. Ich habe sie nie in meinem Leben weitererzählt. Nach dem Krieg habe ich den Kameraden nicht wieder gesehen. Sein Name ist vergessen und mit ihm seine Zoten.

Für viele Eltern war nur schwer zu durchschauen, wie die wahren Erziehungsabsichten der NS waren. War es Taktik oder auch bei einigen Lehrkräften eine gewisse Naivität, dass religiöse Erziehungsmethoden mit denen der Nationalsozialisten vermischt wurden?

Beispiele: Eine Lehrerin sagte vor Erstklässlern den Spruch: „Hände falten, Köpfchen senken, immer an Adolf Hitler denken". Oder: In einem Zeugnisheftvordruck von 1940 ist folgendes zu lesen:

Durch deutsche Eltern gab uns Gott das Leben.
Vom deutschen Boden schenkt er uns das Brot.
So sind Blut und Erde, Volk und Heimat
die Hände Gottes, aus denen wir alles haben,
was wir sind.
Nie wollen wir diese Hände loslassen [...]

Berlin, den 18. Juni 1935, R u s t.

Rust war seit 1934 Reichsminister für Wissenschaft, Erziehung und Volksbildung. Vorstehender Text liest sich stellenweise fast wie ein Glaubensbekenntnis. An die Eltern gerichtet heißt es darin weiter: Ebenso wichtig wie die Zusammenarbeit der Schule mit der Hitler-Jugend ist die gemeinsame Arbeit mit der Elternschaft. Elternschaft, Lehrerschaft und Staatsjugend bilden zusammen die Schulgemeinde. Das war auch die Praxis der NS am Ort. Ein Beispiel: Irgendwann hatte ich einmal etwas 'aufgeschnappt', dass die Rede war von Herrenmenschen, Untermenschen und Lebensraum im Osten. Wann und wo, in Schule, HJ oder Elternhaus, kann ich nicht mehr sagen.

Dann taucht noch folgende Erinnerung aus meiner Schulzeit auf: Plötzlich hieß es einmal, der Führer fährt in seinem Sonderzug durch Geilenkirchen. Alle Schulkinder wurden mobil gemacht und mussten sich in der Bahnhofstraße aufstellen. Wir sollten dem Führer zujubeln. Wir warteten und warteten – vergeblich. Er kam nicht. Wir gingen enttäuscht nach Hause.

Bezeichnend für unseren Jahrgang ist vielleicht, dass wir uns nach der Schulzeit, also nach 1945, nie zu einem Klassentreffen zusammengefunden haben. Das mag womöglich auch daran gelegen haben, dass wir nicht gemeinsam aus der Schule entlassen werden konnten. Das hatte wiederum seine Gründe: 1. Anfang 1945 war vermutlich der Schulbetrieb in unserer zerstörten Heimat noch gar nicht wieder aufgenommen, 2. einige Familien kamen aus unterschiedlichen Gründen nicht mehr nach Geilenkirchen zurück, 3. Spätrückkehrer, wozu meine Familie gehörte, hatten überhaupt nicht die Möglichkeit einer frühzeitigeren Heimkehr wegen des Reiseverbots in der sowjetisch besetzten Zone und schließlich 4. wurde eine Rückkehr nach Geilenkirchen nur dann genehmigt, wenn man den Nachweis einer Wohnung erbringen konnte.

Manche Schulfreundschaften wurden auch vernachlässigt, weil mir nichts daran lag. Einige wenige wurden von mir auch wieder aufgebaut.

Eine Freundschaft aus der Zeit der Spielschar des Jungvolks hat die Zeitwende überdauert. Mein Freund studierte Architektur an der RWTH Aachen. Das eine oder andere habe ich davon mitbekommen. Nach dem Krieg engagierten wir uns zusammen in der Liedertafel und in der Laienspielschar. Mein

Synagoge in Geilenkirchen vor der Brandstiftung 1938

Freund heiratete unsere gemeinsame Freundin. Noch vor der Geburt seines 1. Kindes verstarb er leider viel zu früh mit erst 37 Jahren. Die Freundschaft zu unserer damaligen gemeinsamen Freundin wird seit der Zeit ununterbrochen weitergeführt.

Die brennende Synagoge

Vor der Pogromnacht wusste ich nicht einmal, dass in unserer Heimatstadt Juden lebten und wer diese waren. Ich wusste es nicht anders und gehe davon aus, dass sie unauffällig und friedlich unter uns gelebt haben und ihrer Arbeit nachgingen, wie alle anderen. Große Reichtümer soll keiner von ihnen besessen haben.

Zu meinen frühestens Erinnerungen - ich war im 2. Schuljahr und befand mich morgens auf dem Weg zur Schule - gehört der Brand der Synagoge in Geilenkirchen in der Pogromnacht am 9. November 1938, der 'Reichskristallnacht'. Die am Tatort anwesende Feuerwehr hatte dafür zu sorgen, dass der Brand nicht auf Nachbargebäude übergriff. Sie machten sich auf dem Dach der Synagoge zu schaffen. SA-Männer, sogenannte 'Braunhemden', habe ich auch dabei gesehen. Gekannt habe ich von ihnen keinen. Angeblich sollen die Brandstifter auswärtige SA-Männer gewesen sein. Deutlich in Erinnerung habe ich noch, dass eine Menge Möbel vor dem Portal der Synagoge zusammengeworfen auf einem großen Haufen lagen.

Ob die brennende Synagoge, bzw. die Pogromnacht im anschließenden oder späteren Schulunterricht ein Thema waren und ob in der Öffentlichkeit gegen die Brandstiftung der Nazis protestiert worden ist? Nichts davon ist in meinem Gedächtnis registriert.

Lediglich habe ich in meinem Elternhaus mitbekommen, dass von den armen Juden die Rede war, denen nicht einmal Zeit gelassen wurde, sich ihre Schuhe anzuziehen, als sie aus ihren Häusern verjagt wurden. In Erinnerung ist mir, dass bei einem jüdischen Metzger am Markt in Geilenkirchen das Schaufenster zertrümmert worden war, durch wen? Sicher waren es die Nazis, aber welche Personen?

Auch von Protesten aus Kirchengemeinden gegen die unmenschlichen Schikanen an den Juden habe ich nichts mitbekommen. Ob diese hier oder auch anderswo überhaupt in der Öffentlichkeit stattgefunden haben, ist mir nie zu Ohren gekommen. Man hatte das diffuse Gefühl, dass die Schikanen und das Unrecht, das die jüdischen Bürger erdulden mussten, von einem Teil der Bevölkerung als unabwendbar, schicksalhaft und bei einfachen, 'frommen' Menschen vielleicht sogar 'als Strafe Gottes an den Juden' als Gerecht angesehen wurden.

Die rege Propaganda der NSDAP hatte es offenbar geschafft, eine solche Stimmung zu verbreiten und weiter zu nähren. Diese Gedanken konnte ich als Kind noch nicht entwickeln, sie kamen mir erst in 'reiferen' Jahren in den Sinn. Auch ging mir später

NS-Schaukasten in Geilenkirchen (Archiv Stadt GK)

durch den Kopf, was wohl mit dem damaligen vor Ort
verantwortlichen Kreisleiter der NSDAP und auch an-
dern Bürgern passiert wäre, wenn sie sich mutig den
Befehlen 'von oben', die Synagoge niederzubrennen,
widersetzt hätten? Ich bin sicher, dass sie umgehend
als Volksfeinde von den Nazis gebrandmarkt worden
wären und ihren Widerstand mit dem KZ oder vielleicht mit ihrem Leben hätten bezahlen müssen. Wer
hätte schon den Mut dazu gehabt.

„Der schlimmste Pogrom, der bis dahin im Dritten
Reich stattgefunden hatte, wurde vom Propaganda-
minister Josef Goebbels und die von ihm kontrol-
lierten deutschen Presse als 'eine spontane Reaktion
des deutschen Volkes' verharmlost. Als Auslöser der
angeblich spontanen Reaktion wurde die Ermor-
dung eines Sekretärs der deutschen Botschaft in
Paris, Ernst von Rath, durch den deutsch-jüdischen
Flüchtling Herschel Grynszpan vorgegeben." *(Zitat
aus W. L. Shirer: Aufstieg und Fall des Dritten Reiches,
S. 456/457)*

Strafverfolgungen der Nazi-Schergen erfolgten nicht,
weil sie ja auf Befehl 'von oben' gehandelt hätten. Die

Juden selbst mussten für die Kosten der Beseitigung der von den Nazis verursachten Schäden auch noch selbst aufkommen, ebenso wurden sie zu Aufräumungsarbeiten herangezogen. Versicherungsleistungen an die Juden wurden vom Staat beschlagnahmt. Alles war auf eine beispiellose Art der Demütigung der Juden angelegt. Göring war u. a. Bevollmächtigter für die deutsche Wirtschaft. Angesichts der materiellen Schäden in der Schreckensnacht in ganz Deutschland rief Göring, gewandt an Reinhard Heydrich, aus: „Mir wäre lieber gewesen, ihr hättet 200 Juden erschlagen und hättet weniger materielle Werte vernichtet!"

Heydrich war als zweiter Mann in der SS Chef der deutschen Sicherheitspolizei und der Gestapo unter Himmler hauptverantwortlich für die Organisation der Pogrome. *(Zum Teil zitiert ebenfalls aus: Aufstieg und Fall des Dritten Reiches, W. L. Shirer, S. 458)*

Ich muss eine beschämende Geschichte wiedergeben: Ich vermute, dass es im Sommer 1940 gewesen ist. Gelegentlich konnte man auf den Straßen unseres Städtchens Juden zu Gesicht bekommen. Damit jeder sie auch als solche erkannte, mussten sie auf ihrer Kleidung einen Judenstern tragen.

Nach der Schilderung einer Aachener Chronistin nach dem Kriege wurde von Geilenkirchener Kindern den Juden gerne ein Kinderreim nachgerufen, der wie folgt lautete:

Jüd, Jüd, Jüd, hepp, hepp, hepp,
steck die Noas in de Waterschepp,
steck se net doneve,
sonst hast du ene kleve.

Hochdeutsch:

Jude, Jude, Jude, hepp, hepp, hepp,
steck die Nase in die Wasserschüssel,
steck sie nicht daneben,
sonst hast du eine kleben

(heißt: 'haue ich dir eine runter')

Ein alberner Reim nur? Er war vielen Kindern in Geilenkirchen geläufig, auch mir. Wer uns den Spruch in den Mund gelegt hatte? Keine Ahnung, ich weiß es nicht.

Wer machte sich noch Gedanken damals um die verjagten Juden? Das wird sicherlich bei vielen Bürgern der Fall gewesen sein. Ich kann aus meiner Erinnerung dazu leider nichts berichten. In meinem Gedächtnis habe ich lediglich die Tatsache, dass enteignetes jüdisches Grundeigentum 'auf ordnungsmäßigem Wege' über die Gemeindeverwaltung in den Besitz deutscher Bürger gelangen konnte.

Nach dem Kriege war es für mich neu zu erfahren, dass die aus unserer Heimat vertriebenen Juden sich bis Anfang der 40er Jahre noch in Aachen oder Umgebung in einem Deportationslager befunden haben sollen, bevor sie in die damals in der Bevölkerung meist unbekannten, berüchtigten Vernichtungslager der Nazis gebracht wurden. Ihr Schicksal in den KZ-Lagern zu beschreiben, fehlen mir die Worte. Wir haben tatsächlich erst nach dem Kriege von den grauenerregenden Zuständen in den Lagern erfahren.

Am 20. Januar 1942 fand in Berlin die Wannsee-Konferenz statt, auf der die Nazis die Organisation der Judenvernichtung beschlossen, die berüchtigte 'Endlösung der Judenfrage'.

Ausbruch des 2. Weltkrieges

Nach dem Blitzkrieg Hitlers in Polen, der am 1. September 1939 begann und nur 6 Wochen dauerte, verstärkte sich bei den Bewohnern hier im Westen die Sorge, dass das Kriegsgeschehen auch auf unsere Heimat übergreifen könnte. Wir waren von Bunkern umgeben, dem für Feinde als unüberwindlich gerühmten 'Westwall'. Mit dessen Bau hatte man schon etwa 1938 begonnen, als Hitler noch viel von Frieden redete. Vor dem angeblich verzögerten Westfeldzug der Deutschen Wehrmacht war unsere ganze Heimat mit Militär voll gestopft. Wo in privaten Häusern Platz war, wurden Soldaten einquartiert.

Der Krieg im Westen brach am 10. Mai 1940 los. Der Westfeldzug entwickelte sich auch wieder zu einem Blitzkrieg. Am 25. Juni 1940 hatten die deutschen Streitkräfte tief in Frankreich die Linie etwa von der Biscaya bis Genf erreicht. Ich sehe meinen Vater noch vor mir, wie er gerne auf unserem Küchentisch eine Landkarte ausbreitete, um den raschen Vormarsch unserer mobilen, modern ausgerüsteten Truppen durch unsere westlichen Nachbarländer zu verfolgen. Meine beiden älteren Brüder und ich waren auch immer mit Eifer dabei. Bei diesen Gelegenheiten erklärte mein Vater uns oft, wo er im 1. Weltkrieg in Nord-Frankreich gekämpft hatte und 1917 verwundet wurde. Der Krieg war dadurch für ihn vorzeitig beendet. In meinen Ohren habe ich noch die Melodie, mit der die häufigen Sondermeldungen im Radio angekündigt wurden, die immer wieder von den errungenen Siegen der deutschen Wehrmacht berichteten.

Zu Beginn des Krieges fiel in Geilenkirchen die erste Bombe, und zwar wurden die Fassaden des Cafes de Bache und des Nebenhauses im Zentrum der Stadt schwer beschädigt. Beide Häuser wurden aber unverzüglich wieder aufgebaut.

Dann fiel eine Bombe im Dorf Gereonsweiler/Linnich, auch schon zu Beginn des Krieges. Mein Vater nahm mich mit seinem Fahrrad dorthin mit, um die Wirkung der Bombe in Augenschein zu nehmen. Es war noch eine Sensation, wenn so was passierte. Eine Hausfront war weggerissen. Man konnte in das halb zerstörte Haus hineinschauen. Auf der 1. Etage hing noch ein unbeschädigtes Heiligenbild. Viele Menschen waren geneigt, dieses als einen 'Wink von oben' anzusehen, statt es einem reinen Zufall zuzuschreiben.

Von feindlichen Fliegern sollen Flugblätter über unser Städtchen abgeworfen worden sein mit dem Aufdruck: 'Geilenkirchen im Loch, wir finden dich doch'. Ich halte diese Geschichte für ein Märchen, angesichts der Bedeutungslosigkeit unserer kleinen Stadt im Kriegsgeschehen. Kein Märchen war, dass Kleine und Große sich maskieren mussten, und zwar mit einer Gasmaske, für den Notfall. Der Staat war eben 'sehr besorgt um das Wohlergehen seiner Bürger'.

Arisch oder nichtarisch ist hier die Frage

Um in etwa in der Chronologie der Ereignisse zu bleiben, möchte ich an dieser Stelle eine Begebenheit hinzufügen, die sich aus meiner Sicht zuzusagen 'am Rande' abspielte, aber für viele Bürger von existentieller Wichtigkeit war.

Im Ahnenpass meines Vaters fand ich ein Originalschreiben des Oberfinanzpräsidenten Köln vom 3. März 1941. Darin wurde meinem Vater folgendes mitgeteilt: Sie haben durch Vorlage der Ahnenpässe und der Urkunden Ihre und Ihrer Ehefrau deutschblütige Abstammung nachgewiesen. Die Abstammungsbelege erhalten Sie hiermit zurück. Im Auftrage gez. Dr. Unterschrift.

Der Oberfinanzpräsident Köln

Gesch.-Nr. Pers A 7 a – B 52 – 125

Bei Antwortschreiben bitte vorstehende Nummer angeben.

Fernsprecher 7 0351

Köln, 3. März 1941

Wörthstraße 1

Postanschrift: Köln 16, Schließfach 29

Finanzamt Köln
Geilenkirch
10 MRZ. 1941
No. 2a

Sie haben durch Vorlage der Ahnenpässe und der Urkunden
Ihre und Ihrer Ehefrau deutschblütige Abstammung nachgewiesen.
Die Abstammungsbelege erhalten Sie hiermit zurück.

Jm Auftrag
gez. Dr. Brüggentisch

Herrn Steuersekretär
Jos. Bach
durch Herrn Vorsteher
des Finanzamts
Geilenkirchen

1.: zwei Ahnenpässe, ein Urkundenheft

Beglaubigt:

Der Oberfinanzpräsident Köln
Kanzlei Nr. 4

Kanzleiangestellter

Dokument über die arische Abstammung (Privatarchiv Bach)

Im Falle meines Vaters ging es bei der Feststellung seiner Rassenzugehörigkeit nach dem Beamtengesetz nicht um eine Frage um Leben oder Tod, sondern nur darum, ob er im Staatsdienst bleiben konnte oder nicht. Nach dem Reichsbürgergesetz konnte ein Jude beispielsweise nicht Reichsbürger sein. Nach dem Gesetz zum Schutze des deutschen Blutes und der deutschen Ehre durften deutschblütige Reichsangehörige keine Ehe mit Juden eingehen. Rassenschande wurde schwer bestraft.

Akribisch hat mein Vater die nötigen Dokumente zusammen getragen. Zu diesem Zweck musste er in seiner Eifel-Heimat und in der Heimat meiner Mutter mit einem Fahrrad zu einer ganzen Reihe von Pfarrämtern fahren. Dazu hat er, mit Unterbrechungen, fast zwei Jahre benötigt.

Unsere Erlebnisse in den ganzen Kriegsjahren darzustellen, ist hier nicht der Platz und wäre mir ohnehin unmöglich. Auf die Schilderung von wenigen Ereignissen jedoch möchte ich nicht verzichten, und zwar folgende: Aachen gehörte als erste deutsche Großstadt schon seit Juni 1941 zum Ziel englischer Bomberverbände. Es war 1942 oder aber auch schon 1941? Eine Gruppe des Geilenkirchener Jungvolks, zu der auch ich gehörte, bekam nach einem nächtlichen Bombenangriff auf Aachen einen Einsatzbefehl. Am frühen Morgen wurde unser Jungzug, natürlich in Hitler-Jugend-Uniform, nach Aachen beordert. Dort mussten wir Pimpfe der ausgebombten Bevölkerung beim Sammeln ihrer verbliebenen Habseligkeiten helfen. Wir suchten in den rauchenden Trümmern der Wohnhäuser nach noch verwendbarem Hausrat, luden diesen auf Lastwagen und fuhren damit oben aufsitzend zum Aachener Westbahnhof, von wo aus die Ausgebombten samt ihrem geretteten Hausrat aufs Land evakuiert wurden. Mittags war für uns Feierabend. Als Dank erhielten wir ein kräftiges Butterbrot. Mehr hatten wir auch nicht erwartet.

Wer kann es uns Elfjährigen verdenken, dass wir sehr stolz auf unseren ersten Einsatz in einem Ernstfalle waren. Wir erlebten auf diese Weise schon sehr früh das glückliche Gefühl, in unserem kindlichen Alter schon ernst genommen, gebraucht zu werden. Das Gefühl, eher missbraucht worden zu sein, hatten wir nie. Das konnte uns damals und wagte uns auch niemand einzureden.

Das weitere Beispiel zeigt, wie wenig man manchmal mit seinen Gefühlen teilgenommen hat an unsagbar schweren Leiden, nicht nur deutscher Soldaten. Woran lag das? Waren wir schon abgestumpft, waren wir einfach schlicht ahnungslos wie die Realität des Krieges aussah, unterlagen wir so sehr der einseitigen NS-Propaganda? Lag es daran, dass die schlimmen Ereignisse unsere Vorstellungskraft überstiegen? Wollten wir Katastrophen oder militärische Niederlagen unserer eigenen Wehrmacht lieber gar nicht wahrhaben und deshalb nicht zur Kenntnis nehmen? Ich denke an die Kapitulation der 6. deutschen Armee am 31. Januar 1943 in Stalingrad.

Mit General Paulus gingen 92.000 ausgehunger-te, abgekämpfte, verwundete, vom völlig sinnlosen Kampf demoralisierte deutsche Soldaten in russische Kriegsgefangenschaft. Es heißt, dass davon nur 8000 überlebt hätten. Dieses Drama erlebte ich fernab vom Ort des Schreckens auf fast beschämend harmlose Weise: Seit Wochen freuten wir uns nämlich auf den Film 'Quax der Bruchpilot' mit Heinz Rühmann. Kinobesuche gab es sehr selten und waren immer ein tolles Erlebnis nicht nur für uns Kinder. Es muss also am 31. Januar 1943 gewesen sein. Als wir im Lichtspielhaus Johnen die Kinokarten lösen woll-ten, erfuhren wir zu unserer großen Enttäuschung, dass alle kulturellen Veranstaltungen an dem Tag in Deutschland verboten worden waren. Wir hatten zwar Verständnis dafür, als wir den Grund hörten, Leid tat es uns aber doch sehr, dass wir den Film nicht zu sehen bekamen.

Der 09. September 1943 war für die Familie mei-nes Vetters Christian, unsere nächsten Nachbarn, ein schwerer, tragischer Tag. Christian hatte bei der Luftwaffe eine Ausbildung als Kampfbeobach-ter gemacht. Bei einem seiner letzten Probeflüge fing sich sein Flugzeug bei einem Sturzflug nicht wieder auf. Er raste mit seiner Maschine auf dem Flugplatz Pandorf bei Wien in den Erdboden. Mit erst 20 Jahren war sein Leben zu Ende. Sein Vater, mein Onkel, und mein Vater machten sich auf den schweren Weg nach Wien, um von Christian, dem einzigen Sohn, Abschied zu nehmen. Christian war neben seinem Beruf ein talentierter Maler. Von ihm

Ich weiß, daß Du mein Vater bist - in dessen Arm ich wohlgeborgen - ich will nicht fragen, wie Du führst - ich will Dir folgen ohne Sorgen.

Und gäbest Du in meine Hand - mein Schicksal, daß ich selbst es wende - ich legt' in kindlichem Vertrauen - es doch zurück in Deine Hände. †

„Winkler u. Lentzen, Geilenk."

Laßt uns männlich sterben für unsere Brüder und keinen Flecken dulden an unserer Ehre!

Jesus! Maria! Josef! St. Sebastianus!

„Deinen Gläubigen wird das Leben nicht genommen, sondern neugestaltet in der Ewigkeit."
Totenmesse.

Gedenket im Gebete
des

Christian Ivens

Gefreiter, Kampfbeobachter der L.W.

Der liebe Verstorbene war geboren am 1. März 1923 zu Geilenkirchen-Hünshoven Pfarre St. Johann als Kind der Eheleute Gottfried Ivens und Maria geb. Büschgens. Er war den Eltern ein lieber Sohn, seinen beiden Schwestern ein treuer Bruder. Am 9. August 1941 kam er zur Luftwaffe. Nach zweijähriger Ausbildung sollten auf dem Flugplatze Pandorf, Bezirk Wien, die letzten Probeflüge stattfinden. Bei einem solchen ist er abgestürzt und zu Tode gekommen am 9. September 1943. Im Juli war er in Urlaub. Es sollte sein letzter sein. Durch guten Sakramentenempfang seelisch gestärkt

war er zur Truppe zurückgekehrt, in froher Zuversicht, bald im Kampfeinsatz sich bewähren zu können. Gott hatte es anders beschlossen. Auch sein Tod ist Opfer für die Seinen und das schwer bedrängte Vaterland.

Den teuren Entschlafenen betrauern in tiefem, christlich ertragenem Schmerze seine Eltern und zwei Schwestern. Mit den übrigen Anverwandten empfehlen sie seine Seele dem hl. Meßopfer und dem Gebete der Gläubigen, damit sie bald gelange zur Krone des ewigen Lebens.

Ach, es ist ja kaum zu fassen,
daß du nicht mehr kehrst zurück.
So früh mußtest du dein Leben lassen,
zerstört ist unser aller Glück.
Ein jeder, der dich hat gekannt,
und auch dein gutes Herz,
der drückt uns nur noch stumm die Hand
in diesem tiefen Schmerz.
Du gutes Herz, ruh still in Frieden,
ewig beweint von deinen Lieben.

Totenzettel des Vetters Christian (Privatarchiv Bach)

stammt nachweislich das Original eines Ölgemäldes 'Altes Rathaus von Geilenkirchen', wovon jedoch nur noch eine Reproduktion vorhanden ist. Es ist eine der wenigen Erinnerungen an einen hoffnungsvollen Menschen. Alle übrigen Kunstwerke von ihm sind in den Kriegswirren um Geilenkirchen untergegangen.

Der Keller meines Elternhauses wurde zu einem Luftschutzbunker ausgebaut mit dicken Mauern, zugemauerten Kellerfenstern und gasdichten Türen. Von einem Haus zum anderen wurden so weit als möglich Durchbrüche angelegt, die nur wieder mit einer dünnen Wand geschlossen wurden. Daneben stand eine Spitzhacke, damit man sie im Notfall einschlagen konnte um bei Verschüttungen einen Fluchtweg zum Nachbarhaus zu finden. Holländische Arbeiter waren mit den Bauarbeiten beauftragt. Ein Arbeiter brachte uns aus Holland ein Fässchen mit eingelegten Heringen mit, die es hier in Deutschland nicht mehr gab. Unser Bunker war auch für Nachbarn bestimmt, die selbst keinen Keller besaßen. Mein Vater hatte uns darin Etagenbetten gebaut, damit wir bei nächtlichem Fliegeralarm weiterschlafen konnten. Bei den gemeinsamen Aufenthalten mit Nachbarn in unserem Luftschutzkeller wurde manchmal 'über Gott und die Welt' diskutiert, auch über Nachrichten aus dem abgehörten Feindsender BBC. Das durfte natürlich kein Außenstehender erfahren. Wenn nach der Entwarnung dann doch noch Flugzeuge zu hören waren, hörte ich manchmal murmeln: „Unsere Nachtjäger". Sie müssen wohl auch am Fluggeräusch zu erkennen gewesen sein.

Die Verdunkelungspflicht musste aus Gründen der Sicherheit streng beachtet werden. Wer Rolläden an seiner Wohnung hatte, konnte dieser Pflicht leicht nachkommen. Wer aber keine solche besaß, hatte ein Problem. Mein Vater bastelte für einen Teil unserer Fenster in den bewohnten Räumen passende Verdunkelungen aus leichten Leisten und schwarzem Papier. Bei Anbruch der Dunkelheit wurden sie immer wieder neu angebracht. Ob die Verdunkelungspflicht auch sorgfältig eingehalten wurde, wurde regelmäßig von eigens beauftragten Luftschutzwächtern kontrolliert. Ich habe noch den Ruf eines solchen Wächters auf der Straße im Ohr: „Licht aus!".

Lebensmittel, Kohlen, Kleider und wer weiß was sonst noch, alles mögliche wurde rationiert. Für alles gab es Bezugsscheine.

Auch eine weitere Tatsache halte ich für wichtig genug, erwähnt zu werden: Selbst unser Spielen war zum großen Teil kriegerisch geprägt. Wir bauten auf der Wurm ein großes Boot und fuhren damit bei strömendem Regen von Hommerschen, südlich vom Zentrum unserer Stadt gelegen, wurmabwärts. Es war zu schwer, um es gegen die Strömung wieder in die 'Werft', die ziemlich weit entfernt war, zurückzuziehen. Kurzerhand wurde es feierlich versenkt wie wir es in Kriegsberichten sehen konnten. Im Bau von Kanonen fühlten wir uns als Meister. Ein holländische Karabiner mit verbogenem Lauf wurde auf zwei Räder montiert, ein Schutzschild angebracht, schön mit grauer Farbe bestrichen und der krumme

Lauf abgesägt, damit wir damit auch scharf schießen konnten. Von unseren Karbidgeschützen wurde die Durchschlagskraft erprobt, dabei wurde eine Skimütze, die von einem Freund als Versuchsobjekt herhalten musste, in tausend Fetzen zerrissen. In den nahe gelegenen Benden bauten wir nur zu dem Zweck eine Festung, um sie nach Fertigstellung mit einem selbstgebauten Flammenwerfer, der aus einer mit Spiritus gefüllten Luftpumpe bestand, wieder in Brand zu setzen. Schwarzpulver herzustellen wüsste ich heute noch. Unsere Freunde hatten Schlüssel vom Waffenschrank ihres Vaters, der als Offizier bei der Wehrmacht war. Zu den unterschiedlichsten Gewehren war auch meistens passende Munition vorhanden. Wir schossen mit den Jagdgewehren gerne auf Krähen. Beim ersten Schuss setzte sich mein Freund von der ungewohnten Rückschlagskraft des Jagdgewehres auf den Hosenboden. Nicht ungefährlich war das Ballern mit einem spanischen Trommelrevolver in der Sandgrube am Sonnenhügel.

Wie stand es mit der Aufsichtspflicht der Eltern, muss man sich heute fragen? Die Väter waren zum Teil im Kriegseinsatz und die Mütter ahnten nichts von unseren gefährlichen Spielen. Polizei hatte sich niemals für unser Treiben interessiert. Später habe ich mich oft gefragt, wer uns denn auf die Ideen zu solchen gefährlichen Spielen gebracht hatte. Ich halte es nicht für ausgeschlossen, dass der eine oder andere Einfall auch von mir hätte stammen können. Meine Spielkameraden waren ausnahmslos älter als ich. Von ihren Einfällen war ich auch sehr angetan und habe gerne mitgemacht. Ich war einer von den Jüngeren, durfte aber trotzdem schon mitmachen, eine Art Mitläufer also.

Sogar in den Schulpausen spielten wir auf dem Schulhof gerne das Spiel 'Deutschland erklärt den Krieg gegen...'! Je nachdem, wie das Messer im Boden stecken blieb, wurde 'dem Feind' ein Stück Land abgenommen.

Unser Denken und Spielen drehte sich fast nur noch um kriegerische Dinge. Mit Mädchen hatten wir in dieser Phase nichts am Hut. Sie wären uns nur im Wege gewesen. Wir waren mit unseren Spielen quasi vollzeitbeschäftigt. Die Schule kam dabei zu kurz. Dafür wurde nur das Nötigste getan. Mir kommt noch eine Sache in den Sinn: In Garagen der Väter von zwei Freunden standen stillgelegte Personenkraftwagen, ein Ford Eifel und ein Opel, ohne Bereifung, diese war vom Militär beschlagnahmt. Uns Kindern dienten die aufgebockten Autos als ideale Spielobjekte. Eine sehr beliebte, harmlose Beschäftigung war dagegen das Bauen von Segelflugzeugen. Auf dem Speicher meines Elternhauses hatten wir eine richtige Werkstatt eingerichtet. Das Modellflugzeug die 'Rhön' war unser erstes Produkt. Andere Modelle sind durch die Evakuierung nicht fertig geworden. Es war auch ein Modell mit Motor dabei. Mit der Flieger-HJ waren wir nicht verbandelt. Ich hatte trotz meines Dienstes in Kirche und HJ auch noch Freiraum für den 'privaten' Bereich. Die Schule war ja auch noch da.

Wer erinnert sich noch an die belgischen Kriegsgefangenen, die kurz nach dem Beginn des Westfeldzugs in geordneten Reihen im Kommandoschritt durch unsere Stadt zogen, wer weiß wohin? Sie hatten im Geilenkirchener Stadion unter freiem Himmel übernachten müssen.

Vor meinem geistigen Auge sehe ich aber auch noch andere durch die damalige Adolf-Hitler-Straße ziehen: Und zwar die Züge (= Trupps) des Reichsarbeitsdienstes mit ihren blank geputzten Spaten. Sie kamen von dem großen RAD-Lager in Hommerschen. Der RAD sollte die deutsche Jugend im Geiste des Nationalsozialismus und zur gebührenden Achtung der Handarbeit erziehen *(Teilzitat aus Der Neue Brockhaus, Bd. 3, S. 685)*.

Seit 1939 gab es ebenfalls eine weibliche Einheit des RAD in unserer Stadt. Diese war in der Villa Busse (ein Gebäude aus den 20er Jahren) im Lindenfeld untergebracht. Ihr Tätigkeitsbereich war vornehmlich die Hauswirtschaft in kinderreichen Familien.

Heiß begehrt waren bei uns Kindern und Jugendlichen natürlich die Hefte mit Verherrlichung von Kriegsberichten wie: 'Der Kampf um Narvik', 'Luftkrieg über England', 'Der U-Boot-Krieg' und 'Wüstenteufel' und andere. Man konnte sie für ein paar Groschen kaufen.

Leben in der Kirchengemeinde und Messdiener an St. Maria Himmelfahrt

Zuerst fällt mir eine Krippenausstellung im Pfarrheim von selbstgebauten Krippen ein, die unser Kaplan organisiert hatte. Mein Vater war mir dabei behilflich, unsere große Krippenanlage von zu Hause, bei der auch die Geburtsstadt Bethlehem im Modell dargestellt war, in die Ausstellung zu schaffen. Messdienerbetreuung fiel anscheinend nicht unter den Begriff 'kirchliche Jugendarbeit', die verboten war. Sie wurde von den Nazis jedoch argwöhnisch beobachtet. Die ganze Familie war selbstverständlich im Borromäusverein. Manche Titel von ausgeliehenen Büchern habe ich noch im Kopf.

Dass meine Geschwister und ich zur 1. Hl. Kommunion geführt wurden, war selbstverständlich. Da gab es in unserer Familie keine Schwierigkeiten und Dissensen. Das waren große Feste, die mit der ganzen Verwandtschaft, Freunden und Nachbarschaft meistens über drei Tage gefeiert wurden. Ob das auch so in anderen Familien zuging, weiß ich nicht zu sagen.

Geredet wurde immer wieder davon, dass Priester bei ihren Predigten von den Nazis auf systemfeindliche Äußerungen bespitzelt wurden. Man weiß, dass manch einer, der erwischt wurde, deswegen im KZ landete. Von derartigen konkreten Begebenheiten hier in unserer Gemeinde kann ich nicht berichten.

Bis wann in unserer Pfarre Prozessionen (feierliche kirchliche Umzüge) stattfanden, weiß ich nicht. Zum Kriegsende jedenfalls konnte ein Verbot gut und glaubhaft mit dem Schutz der Bevölkerung gegen die ständige Bedrohung durch Tiefflieger begründet werden oder auch möglicherweise als Vorwand dienen.

Ein besonders erwähnenswerter Vorfall: Das Allerheiligste wurde damals noch von einem Priester im Rochett - Versehgang nannte man ihn - zu den Kranken und Sterbenden durch die Straßen getragen. Vor dem Priester her ging ein Messdiener in Messdienerkleidung und mit einer brennenden Laterne und einem Glöckchen in der Hand. Als Zeichen der Ehrerbietung kniete und segnete sich jeder Vorübergehende selbstverständlich vor dem Allerheiligsten. Es war auf der damaligen Adolf-Hitler-Straße (heute Herzog-Wilhelm-Straße): Ein schneidiger, in gut aussehender schwarzer SS-Uniform gekleideter junger Mann begegnete dieser Gruppe. Was tun? Niederzuknien fand der SS-Mann nicht für passend. Blitzschnell fiel ihm eine andere Art der Ehrerbietung ein. Er marschierte im Stechschritt (Paradeschritt) und mit erhobener Rechten (dem Hitler-Gruß) am Allerheiligsten vorüber. Grotesk, gar lächerlich? Ein Foto dieser komischen Situation hätte ein Zeitdokument werden können. Einer Erwähnung wert ist dieses Vorkommnis aber auch deswegen, weil in der spontanen Reaktion des jungen SS-Mannes, der eine meinen Eltern und mir gut bekannte liebe und fromme Mutter hatte, seine Erziehung in einem christlichen Elternhaus nicht verleugnen konnte und vielleicht auch nicht wollte, jedenfalls nicht scheute.

Folgende Begebenheit ist nie aus meinem Gedächtnis gewichen: Beim Religionsunterricht im Pfarrheim, der seit 1940, wie schon gesagt, nicht mehr in der Schule stattfand, saß ich in der ersten Reihe. Unser Kaplan war ärgerlich über die Unruhe hinter mir. Wir sollten unsere Bibeln hervorholen. Zu diesem Zweck musste ich mich leicht von meinem Stuhl erheben, um an meine Bibel zu gelangen. Dabei bekam ich plötzlich vom Kaplan grundlos eine gelangt, dass ich mit meinem Kopf gegen die Stuhlkante stieß und eine heftig blutende Kopfwunde davontrug, die wir nicht gestillt bekamen. Ich lief nach Hause und erzählte, was geschehen war und dass ich mich zu Unrecht bestraft fühlte. Mein Vater wollte dem Kaplan gleich an den Kragen. Meine Mutter wusste meinen Vater aber zu beschwichtigen. Sie sorgte dafür, dass die Sache nicht an die große Glocke gehängt wurde. Die Auswirkungen auf den Kaplan und die Kirchengemeinde wären möglicherweise nicht abzusehen gewesen.

Schon vor Kriegsbeginn begann meine Messdiener-tätigkeit an St. Maria Himmelfahrt in Geilenkirchen. Dabei wurden wir alle an strenge Pflichten gewöhnt, z.B. an drei Wochentagen in einer der Frühmessen zu dienen. Die erste Messe begann schon um 6.45 Uhr. Der Dienst musste natürlich zuverlässig getan werden, Eis und Schnee waren keine Entschuldigung für ein Fernbleiben. Unser Kaplan hatte uns einen

Spruch beigebracht: „Früh aufgewacht, das Kreuz gemacht, eins, zwei, drei den Riesensprung, den Heldensprung". Ein weiterer Grundsatz musste von uns penibel beachtet werden: „Zehn Minuten vor der Zeit, ist des Messdieners Pünktlichkeit". Dienst am Altar an Sonn- und Feiertagen war für alle Messdiener selbstverständliche Pflicht, ebenso auch die Teilnahme an Andachten an Sonntagnachmittagen mit Christenlehre. Die Christenlehre war eine besondere religiöse Unterweisung für uns Kinder. Die Teilnahme wurde uns als Pflicht dargestellt.

Das Erlernen des Messdiener-Lateins fand ich schwierig. Das Suscipiat kam mir besonders zungenbrecherisch vor. Verstanden habe ich vom Latein längst nicht alles. Aber darauf kam es wohl auch nicht so sehr an. Hauptsache, man verpasste keinen Einsatz beim Dienst am Altar. Bis zur Evakuierung bin ich den Messdienern treu geblieben.

Im Missionshaus St. Josef auf dem Loherhof, im Stadtteil Hünshoven, war über einige Jahre eine NS-Lehrerbildungsanstalt untergebracht. Davon weiß ich nur vom Hörensagen. Patres des Steyler Missionsordens waren, wenn auch eingeschränkt, immer anwesend. Die Patres waren in und um Geilenkirchen in der Seelsorge tätig. Die Brüder versorgten viele Bürger mit Gemüse und Obst aus den großen Klostergärten. 'Kappespater' nannte man drum einen der Brüder.

Eine besonders schöne Erinnerung an das Missionshaus haben viele Geilenkirchener wegen der prachtvollen Fronleichnamsfeste. Der von den Patres und den Brüdern gefertigte Blumenschmuck war nicht zu überbieten.

Das Bischöfliche Generalvikariat Aachen wurde im Kriegsjahr 1944 bei einem Luftangriff auf Aachen am 11. April zerstört. Die Gesellschaft des Göttlichen Wortes (SVD) bot das Missionshaus St. Josef in Geilenkirchen-Hünshoven als Notunterkunft an. Wegen der heranrückenden Kampffront musste am 13. September 1944 wieder eine neue Zuflucht gefunden werden.

Pimpf im Deutschen Jungvolk

Mit zehn Jahren kam 'man' in das Deutsche Jungvolk (Gliederung für die Zehn–Vierzehnjährigen in der Hitler-Jugend). Gefragt, ob ich dabei sein wollte, hat mich nach meiner Erinnerung keiner, das war wohl auch nicht üblich. Es war eben Pflicht, dazu zu gehören. Ich steckte auf einmal in der Uniform, was ich aber auch gar nicht so schlecht fand. Besonders stolz waren wir Jungen auf das Fahrtenmesser, was zur Uniformausrüstung gehörte. Christliche und andere Jugendverbände waren verboten. Alles wurde vereinheitlicht. Nach dem Gesetz über die Hitler-Jugend vom 1. Dezember 1936 wurde die gesamte deutsche Jugend innerhalb des Reichsgebietes in der HJ zusammengefasst.

HJ Fahnenabordnung auf dem Marktplatz Geilenkirchen ca. 193? (Archiv Stadt GK)

Aufmarsch des BDM und der HJ in Geilenkirchen (Archiv Stadt GK

In der HJ unserer Stadt existierte ein Fanfarenzug, dem ich angehörte. Dort hatte ich die wunderbare Gelegenheit, verschiedene Instrumente spielen zu lernen. Als Anfänger und Pimpf musste jeder zuerst die Landsknechtstrommel schleppen und im Marschschritt schlagen lernen, dann durfte ich eine Fanfare (2. Stimme) blasen, für die schweren Becken waren meine Arme auch bald stark genug. Zuletzt spielte ich die Lyra. Das war für uns ein bis dahin völlig unbekanntes Betätigungsfeld. Ich war davon sehr angetan. Unser Repertoire war natürlich die Marschmusik. Was wir einstudiert hatten, konnten wir bei Aufmärschen in der Stadt den Leuten zu Gehör bringen. Die Regel war, dass unser Fanfarenzug auch bei Parteiveranstaltungen der NSDAP (z.B. im Schützenhof gegenüber dem Bahnhof) auftreten musste. 'Schwalbennester' auf den Schultern unserer Uniform zeichneten uns als aktive Mitglieder eines Musikzuges aus.

Als Pimpf von zehn Jahren war ich ebenfalls schon in der Spielschar des Jungvolkes. Mit fünfzehn Jungmädel und 15 Pimpfen gingen wir in den Sommerferien 1941 auf große Fahrt in den Selfkant, wo wir in vielen Dörfern Dorfabende veranstalteten. Zum Programm gehörten Lieder, wie 'Dem Fröhlichen gehört die Welt', oder 'Ein Mann der sich Kolumbus nannt', oder 'Kein schöner Land in dieser Zeit'. Zu Beginn des Dorfabends spielten wir eine Scharade. Dabei handelte es sich um ein Silbenrätsel. Erraten werden musste das Wort 'Urlauberzug'. Hauptprogrammpunkt aber war das Märchenspiel 'Die goldene Gans'. Zu Ende ging der Dorfabend dann mit einer Polonäse. Bei einem solch harmlosen und unpolitisch scheinenden Programm ahnten wir Pimpfe - die Erwachsenen um uns herum vermutlich ebenso - nicht, dass wir und die gesamte HJ im Dienste eines nationalsozialistisch geprägten Terrorstaates standen.

Vom Selfkant aus nutzten wir die Gelegenheit, geschlossen nach Sittard/Niederlande zu marschieren. Das konnte aber aus Sicherheitsgründen nur unter Begleitschutz geschehen. Links und rechts unserer Gruppe gingen auf den Bürgersteigen uns unbekannte, uniformierte Männer, die für unsere Sicherheit sorgen mussten. Ich weiß noch, dass holländische Straßenpassanten uns nachriefen: „Deutsche Schweinhunde".

Begeistert waren wir von der Möglichkeit, von Sittard aus in Maastricht/NL ein deutsches Lazarett besuchen zu können. Verwundete vom Westfeldzug erfreuten wir mit unseren Liedern. Kleine Blumensträußchen und ein paar Zigaretten hatten wir ihnen auch mitbringen können.

Ein andermal machten wir Fahrten mit ähnlichem Programm nach Hauset im Gebiet von Eupen und Malmedy (Belgien) und in die Eifel nach und um Hellental und Udenbreth.

Bei einem Besuch der Jugendherberge in Hauset/ Belgien wurden wir mit einem Lied in französischer Sprache von einer Jugendgruppe in HJ-Uniform aus

Eupen begrüßt. Bei der Übersetzung des Liedtextes ins Deutsche stellten wir fest, dass es sich um einen obszönen Wortlaut handelte. Noch heute würde ich mich schämen, diesen wiederzugeben.

In St. Vith war ich in einem Privatquartier untergebracht. Meine Gastgeber waren offenbar feine Leute. Ich fühlte mich trotz ihrer Freundlichkeit rundum unwohl. Es wurde zu Tisch gebeten. Zum ersten Mal in meinem Leben sollte ich mit Messer und Gabel essen. Ich gab vor, keinen Appetit zu haben, obwohl ich Hunger bis unter die Arme hatte. Der wahre Grund war tatsächlich der, dass ich nicht gelernt hatte, mit Messer und Gabel zu speisen.

Bei einem Bauern in Udenbreth hingegen fühlte ich mich dagegen sauwohl. Bevor mit dem Essen begonnen wurde, konnte ich mich mit Butterstoßen nützlich machen. Das machte mir richtig Vergnügen, musste aber etwas verborgen hinter dem großen Küchentisch geschehen, weil es angeblich nicht gestattet war.

In Hellental nahmen wir Quartier in der dortigen Jugendherberge. Das wäre in Ordnung gewesen, wenn die Toiletten benutzbar gewesen wären. Sie waren von deutschen Militäreinheiten völlig versaut.

Nicht jeder Pimpf hatte die Möglichkeit, an Fahrten teilnehmen zu können. Viel mehr als das heimatliche Umfeld kannte ich bis dahin nicht. Auf unseren Fahrten lernten wir, unseren Horizont 'über den

Aufmarsch des BDM in Geilenkirchen (Privatarchiv Bach)

eigenen Kirchturm' hinaus zu erweitern und hatten
dazu noch viel Spaß miteinander. Exakt entsprach
diese Art Jugendarbeit den Aufgaben der HJ, für die
von besonderer Bedeutung das kulturelle Schaffen
war. Zu den Erziehungsgrundsätzen der HJ zählten:
Erziehung zu Gehorsam, Disziplin, Kameradschaft,
Einsatzbereitschaft, Entschlussfreudigkeit und kör-
perliche Härte. Im Übrigen war diese aufgebaut auf
dem Grundsatz der Selbstführung. (Aus: Der Neue
Brockhaus 1937, Bd.2, S. 417).

Im Gleichschritt, BDM und HJ (Archiv Stadt GK)

Als Kind hatte ich nicht den Eindruck, dass NS-Jugend und kirchliches Leben sich bei uns in Geilenkirchen in die Quere kamen. Nur einmal hörte ich davon, dass Kirchen- und Hitlerjugend-Dienst hier vor Ort kollidierten. Ob das Zufall, Absicht oder gar Schikane war, konnte ich nicht beurteilen, hatte mir darüber aber auch keine Gedanken gemacht. In Erinnerung habe ich eine Begebenheit, die ein wenig symbolhaften Charakter hatte: Als Messdiener musste ich abends in der Maiandacht in St. Marien dienen. Es konnte vorkommen, dass ich keine Zeit fand, mir vor dem Dienst in der Kirche die HJ-Uniform auszuziehen. Deshalb kam es dazu, dass ich unter meinem Messdiener-Röckel gelegentlich die HJ-Uniform trug.

Unsere regelmäßigen Appelle in Uniform auf dem Turnplatz am Damm in Geilenkirchen waren schon ähnlich einer militärischen Ausbildung. Rückschauend betrachtet fügte sich auch dieser Dienst schon in die Aufgaben der HJ, in uns Pimpfen schon so früh wie möglich die Freude am Militärdienst zu wecken.

Erwähnen möchte ich die 'Mutproben', die wir beim 'Geländedienst' bestehen mussten. Eine Mutprobe bestand z.B. darin, in eine Sandgrube hineinzuspringen. Wir konnten dabei nicht in Gefahr geraten. Wir landeten nämlich immer im weichen Sand. Wer wollte dabei in den Ruf eines Weichlings, eines Muttersöhnchens kommen? Eine Parole lautete: 'Flink wie Windhunde, zäh wie Leder und hart wie Kruppstahl'. Sind diese Worte nicht einmal aus dem Munde Hitlers gekommen?

Unser Treffpunkt war regelmäßig auch die Turnhalle am Damm. Ob es sich um Schulsport oder HJ-Dienst handelte, war für mich zweitrangig. Ich habe dies auch gar nicht registriert.

Das Bild eines vorbildlichen jungen Deutschen wurde uns in der Weise vorgestellt, dass er begeistert, auf jeden Fall widerspruchslos in den Krieg zog und auch sogar sein Leben zu opfern bereit war. Wie es hieß: für

Führer, Volk und Vaterland. Mir fällt ein Text ein, den man uns beibrachte. Er lautete: Lever dot als Sklav, lieber tot als Sklave.

Wie war das mit 'Führers Geburtstag' am 20. April? War das immer einer der Tage, an dem wir auf dem Schulhof 'strammstehen' und Nazilieder singen mussten? Oder das Flaggen der Nazifahnen? War das ein Muss, oder konnte jeder selbst entscheiden, ob er an seinem Haus 'Flagge zeigte'? Wer ordnete das konkret an, wurde es von Nazileuten kontrolliert? Ich kann dazu nichts definitives sagen.

Auf meinem Schulweg kam ich am WB, einer Geschäftsstelle des Westdeutschen Beobachters, vorbei. Es war die Zeitung der NSDAP. Waren meine Eltern Abonennten dieser Zeitung? Ich glaube es nicht. Ich weiß nicht, ob wir zuhause überhaupt eine Zeitung abonniert hatten. Gab es die Geilenkirchener Grenzpost noch? Ich kann nur sagen, dass sie in den letzten Jahren vor Kriegsende nicht mehr erscheinen durfte.

Ein Vorfall taucht in meiner Erinnerung auf: Bei einem Gedanken an meine Schwester fällt mir ein, dass es an einem Abend an unserer Haustüre klingelte. Es war schon dunkel, zwei BDM-Mädchen standen vor der Türe. Sie verlangten von meinen Eltern eine Erklärung dafür, weswegen meine Schwester nicht zum BDM-Dienst erschienen sei. Welchen Entschuldigungsgrund meine Eltern vorgegeben haben, weiß ich nicht mehr zu sagen.

Mein ältester Bruder Mathias hatte bei den Messer-schmitt-Werken in Augsburg eine Flugzeugbauerlehre abgeschlossen und kam dadurch in den Genuss einiger Privilegien. Er konnte dort z.b. die Segelflug-Prüfungen A, B und C ablegen und den Flugschein machen. Zudem leitete er in Augsburg einen Musikzug der Flieger-HJ. Wir fanden das alle prima.

Mein zweiter Bruder Hans-Peter wurde mir in meinen Kinderjahren immer als Vorbild vorgestellt, er war es aber auch tatsächlich. Er besuchte die Gewerbeschule in Aachen. Gerne habe ich einiges von seinem Lehrstoff mitgelernt. Beispielsweise begleitet mich von daher mein Leben lang ein Repertoire an Sprüchen aus der Edda. Mein Bruder war gegen Kriegsende mit 16 Jahren schon beim Roten Kreuz dienstverpflichtet. Zuständig für die Heranbildung des Nachwuchses für das Rote Kreuz war die HJ. Erstaunlich für mich in dem Zusammenhang zu erfahren war, dass auch Gehörlose, Blinde und erbgesunde Körperbehinderte in die HJ eingegliedert wurden.

Auch diese Tatsachen belegen wieder, wie sehr das totalitäre System der Nationalsozialisten sich darauf verstand, alle nur denkbaren Lebensbereiche zu beherrschen.

Meinem Freund hatte ich einmal geschrieben, ob wir nach Kriegsende die hinter uns liegende Nazizeit gewissermaßen hätten aufarbeiten müssen. NS-Gedankengut konnten wir als Kinder intellektuell sicherlich nicht verbreiten. Wir gehörten vielmehr zu denen, die dem NS-Gedankengut ausgesetzt waren. Wir fühlten uns zweispurig beeinflusst und erzogen, einerseits von Elternhaus und Kirche und andererseits vom NS-System. Bei dieser bloßen Feststellung habe ich es als Heranwachsender und bis heute nicht bewenden lassen. Ich war stets daran interessiert, den wahren Charakter des menschenverachtenden Nazismus und die dafür Verantwortlichen zu erfahren.

Schließlich halte ich es für wichtig nachzutragen, dass unsere damaligen Informationsquellen einzig und allein die systemgelenkten, manipulierten Nachrichtensendungen über Hörfunk, Presse und gelegentlich auch die 'Wochenschauen' im Kino waren. Den Feindsender BBC London zu hören, stand, wie es hieß, unter Todesstrafe. Mit der Todesstrafe, das war vielleicht übertrieben und war wohl mehr als Abschreckung und Einschüchterung gedacht. Aber Tatsache war, dass ein Pfarrer aus dem Selfkant wegen des Abhörens eines Feindsenders 6 Jahre Zuchthaus erhielt. Man kann es sich nicht vorstellen, es ist nicht zu glauben.

Zwangsweise Räumung

Im September 1944 ging hier in Geilenkirchen schon alles drunter und drüber. Von HJ-Jungen in Uniform und anderen Männern (war es der Volkssturm?), kurz 'Schanzer' genannt, mussten über die Felder um Geilenkirchen herum kilometerlange, nutzlose Gräben zum Schutz gegen feindliche Panzer ausgehoben werden. Ständig standen sie bei ihrer Arbeit unter der Bedrohung von Tieffliegern. Zurückflutende, zersprengte deutsche Militäreinheiten suchten vielfach Schutz gegen die Angriffe aus der Luft unter Pappelbäumen in den Benden um Geilenkirchen. Unter den desolaten Einheiten der Wehrmacht befanden sich auch Angehörige der SS-Division 'Hitler-Jugend'. Wir Kinder waren sehr neugierig und steckten unsere Nasen gerne überall rein. Die meisten Erwachsenen um mich herum bangten und sorgten sich ängstlich, wie das alles wohl enden würde. Ich selbst fand eher alles spannend und abenteuerlich.

Die Frontlinie rückte bedrohlich näher. Am 19. September 1944 wurden die Ortschaften Grotenrath und Teveren ohne nennenswerten deutschen Widerstand von amerikanische Truppen besetzt. Am 21. Oktober 1944 fiel Aachen als erste deutsche Großstadt im Westen Deutschlands in amerikanische Hände.

Am 13. September 1944 erhielten wir in Geilenkirchen den Räumungsbefehl. Es hieß, dass wir in kurzer Zeit wieder zu Hause sein würden und deswegen auch nur Handgepäck mitzunehmen brauchten. Bevor wir unser Haus verließen, hatte mein Vater in unserem Garten noch einige Schätze (Silberbesteck u.a.) vergraben. Er wurde in letzter Minute noch in Geilenkirchen dienstverpflichtet und konnte deswegen nicht mit uns in die Evakuierung gehen. Er und ein anderer pensionierter Kollege hatten den Auftrag erhalten, die Kasse für die Schanzarbeiter zu verwalten.

Hans-Peter, Friedrich und Mathias Bach, 1943

Am Spätnachmittag des 13. September 1944 stand im Bahnhof Geilenkirchen ein Sonderzug zum Abtransport für einen Teil der Zivilbevölkerung bereit. Der Zug setzte sich in Bewegung. Wir fuhren in die Nacht hinein und wussten nicht wohin. Alles kam anders, als man uns gesagt hatte.

Gedanken zu dem voraus gegangenen Kapitel

Der überwiegende Teil der Deutschen muss ahnungslos, gutgläubig, teils vielleicht auch naiv, vom Nazi-Regime bewusst politisch unreif gehalten und irregeführt worden sein. Angeblich soll Hitler 1938 sagenhafte 80% Zustimmung in der Bevölkerung Deutschlands gehabt haben. Das konnte aber nur durch eine psychologisch ausgetrickste, teils von

Halbwahrheiten und Lügen durchsetzte, geschickte Propaganda erreicht worden sein. Natürlich gehörte zu diesem 'Erfolg' der Nazis die totale Abschottung des deutschen Volkes zum Ausland hin. Um das Phänomen des Nationalsozialismus in Deutschland zu begreifen, muss man sich intensiv mit der Geschichte der NSDAP, schon von vor der Machtergreifung 1933 an, befassen bis zum unrühmlichen Suizid Hitlers.

Hat der einfache deutsche Bürger und Wähler durch seine Zustimmung zu Hitlers politischen Absichten und Taten sich selbst unbewusst zum Steigbügelhalter und Aufstieg des Nationalsozialismus gemacht?

* * *

2. Teil

Die Evakuierung

Zwischenstation Minden

... wir fuhren in die Nacht hinein und wussten nicht wohin. Alles kam anders, als man uns gesagt hatte.

Unser Zug rollte durch die Finsternis. Die Fahrt verlief ruhig, keine besonderen Vorkommnisse. Müdigkeit hatte uns überwältigt. Wir hatten deshalb nicht mitbekommen, in welche Richtung wir fuhren. Um Mitternacht blieb unser Zug auf einem Bahnhof stehen. Im abgedunkelten, spärlichen Licht konnte ich das Stationsschild Hamm in Westfalen erkennen. Schwestern vom Roten Kreuz versorgten uns mit warmen Getränken und Butterbroten. Wegen der ständig drohenden Luftangriffe waren wir froh, dass die Fahrtunterbrechung nur von kurzer Dauer war und wir das Ruhrgebiet in Richtung Norden bald verließen. Wieder übermannte uns der Schlaf. In der Morgenfrühe rieben wir uns die Augen. Was wir sahen: bergiges Land. Das machte mich sofort hell wach. Bergland war immer schon mein Traum.

War das bei allen Altersgenossen so? Woran lag das wohl, vielleicht daran, dass die Heimat meines Vaters ebenfalls das Bergland, die Eifel, war?

Unser Zug durchquerte das Umfeld des Weserberglandes. Wir erreichten die Porta Westfalica. Links und rechts hohe Berge. Ich war begeistert. Auf dem linken Berg stand ein riesiges Denkmal. Dass es sich dabei um das Kaiser-Wilhelm-Denkmal handelte, habe ich erst später erfahren.

Ob die Reise mit dem Zug für uns in Minden in Westfalen oder im benachbarten Dankersen zu Ende war, habe gar nicht mehr in Erinnerung. Sehr genau aber habe ich noch den Namen der Gastwirtschaft, wo wir Flüchtlinge hingebracht wurden im Kopf. Sie hieß Piepenbrink in Dankersen. Für uns Links-Rheinische ein völlig ungewohnter Name. Ich fand ihn lustig. Er machte uns aber auch bewusst, dass wir ein großes Stück von unserer Heimat entfernt waren.

Wir bekamen unsere Privatunterkünfte zugewiesen. Meine Mutter und ich kamen in ein ganz ordentliches Haus. In meinen Gehirnzellen ist nicht gespeichert, ob ich in Dankersen die Schule besuchen musste. Ich vermute, dass ich dort nicht zur Schule brauchte, wir glaubten doch alle, bald wieder nach Hause zu kommen.

Mein Vater ist wieder bei uns

Nach wenigen Wochen folgende Begebenheit: Ich hatte im Ort Dankersen eine Besorgung zu machen. In einiger Entfernung sah ich einen Mann, der ein Fahrrad neben sich herführte, mit viel Gepäck beladen. Beim Näherkommen erkannte ich zu meiner Überraschung und großen Freude, dass es mein Vater war. Wir fielen uns um den Hals. Bei der stürmischen Begrüßung hatte ich ganz übersehen, wie er vorher sein schwer beladenes Fahrrad abstellen konnte. Mein Vater war überglücklich, uns gefunden zu haben. Er hatte in Geilenkirchen lediglich erfahren, dass unser Flüchtlingszug nach Dankersen geleitet worden war. Nähere wusste er nicht von unserem Verbleib.

Wir waren sehr froh, dass unser Vater wieder bei uns war. Wo sich die übrigen Familienmitglieder, meine beiden Brüder und andere befanden, hätten wir natürlich auch zu gerne gewusst.

Den Ort und die Umgebung von Dankersen kennen zu lernen, hatten meine Neugierde geweckt. Von besonderem Interesse war das Wasserkreuz, Brücke des Mittellandkanals über die Weser. So etwas hatte ich noch nie gesehen. Ich war mächtig beeindruckt. Rund um die Kanalbrücke standen zum Schutz gegen feindliche Fliegerangriffe eine Menge Fesselballons.

Ein Freund erinnerte mich in späteren Jahren einmal daran, dass ich mit ihm zusammen am Kaiser-Wilhelm-Denkmal auf der Porta Westfalica gewesen bin.

Es dämmerte mir. Für die sehenswerten historischen Gebäude in der Stadt Minden hatte ich damals noch kein Auge.

Zum Verständnis meiner später geschilderten Erinnerungen ist nachzutragen, dass mein Vater bei seinem schweren Gepäck unser Radio von zu Hause bei sich hatte. Es handelte sich um ein zweiteiliges Gerät, das eigentliche Radio, Marke Telefunken, und extra ein Lautsprecher. Gab es nichts Wichtigeres, was er hätte von zu Hause mitnehmen können, dachte ich mir? Ich weiß es nicht. Das Radio spielte später als Tauschobjekt noch mal eine besondere Rolle.

Intermezzo in Lindern

Aus der Heimat trafen kaum neue Nachrichten ein, nur die vom ständigen Hin und Her des Frontenwechsels. Es war wirklich so, dass die Alliierten sich vor der Rur eine Kampfpause gönnten. An eine kurzfristige Rückkehr in die Heimat war daher wohl nicht zu denken. Das veranlasste meinen Vater zu der Überlegung, den Versuch zu unternehmen, noch einmal nach Geilenkirchen zu gelangen, um dringend notwendige Sachen von zu Hause zu holen.

Es wurde nicht lange gezögert. Mein Vater und ich brachen unverzüglich auf. Mit der Bahn kamen wir nur noch bis Baal. Wir wollten ohnehin zunächst nur bis Lindern, wo sich mein Onkel mit mehreren kleinen Kindern noch aufhielt. Die Strecke von Baal bis Lindern mussten wir zu Fuß zurücklegen. Wir bewältigten den Weg über die Schienengleise. In Lindern angekommen, übernachteten wir zuerst einmal in dem Bunker, den mein Onkel in seiner Hauswiese zum Schutz für seine Familie gebaut hatte. Am folgenden Tag wollten wir versuchen, nach Geilenkirchen zu kommen.

Mein Vater befragte einen Soldaten, ob das wohl noch möglich wäre. Der Soldat riet uns davon ab. Geilenkirchen läge in vorderster Front und würde oft von feindlicher Artillerie beschossen. Man würde uns niemals in die Frontlinie hineinlassen. Kurz darauf feuerten die Amerikaner auch schon auf die Bahnhofsgegend von Lindern. Das schlug meinem kranken Vater, der an einem nervösen Magenleiden litt, so sehr auf den Magen, dass wir unseren Plan aufgaben, noch einmal nach Geilenkirchen zu gelangen. Statt dessen schlachteten wir bei meinem Onkel in Lindern ein Schwein. Was unsere Kräfte zuließen, versuchten wir zu schleppen. Den größeren Rest aber nähten wir in ein Betttuch ein. Mit unserer Adresse von Dankersen versehen hofften wir, dass es auch dort bald ankommen würde. In Erkelenz bestand noch die Möglichkeit, es auf die Bahn zu geben. Ohne unser Ziel erreicht zu haben, fuhren wir nach Dankersen zurück. Wir kamen dort wohlbehalten wieder an, aber das Schwein leider nicht. Wir warteten ein paar Wochen. Oh Wunder, das Schwein hatte uns tatsächlich trotz der katastrophalen Transportverhältnisse wieder gefunden. Wir hätten uns so gerne darüber gefreut, konnten es aber nicht, es stank schon ganz entsetzlich. Mein Vater grub im Garten unseres Gastgebers ein tiefes Loch. Darin verschwand der Kadaver.

Weiter ins Innere Deutschlands

Ob es eigener Entschluss meiner Eltern oder behördlicher Druck war, der uns Mitte Oktober veranlasste, weiter ins Innere Deutschlands zu ziehen, um ein sicheres Obdach zu finden, kann ich nicht sagen.

Wir zogen also auf eigene Faust weiter. Es hatte sich uns noch eine alleinstehende Mutter mit ihren drei Kindern aus Bauchem (Stadtteil von Geilenkirchen) angeschlossen, wir waren also eine kleine Gruppe von sieben Leuten. Wir standen mit unserem Gepäck auf dem Bahnsteig des Bahnhofs in Minden. Wusste denn jemand, wohin unsere Reise ging? Ich jedenfalls nicht. Die Züge hatten alle unglaublich lange Verspätung. Es war heller Tag. Es gab Fliegeralarm. Wir merkten bald, dass die feindlichen Flugzeuge es auf die Sperrballons an der Kanalbrücke abgesehen hatten. Die Menschen mussten von den Bahnsteigen runter, um Schutz in der Bahnunterführung zu finden. Wir bekamen mit, dass einige Fesselballons abgeschossen wurden und erwarteten jetzt einen Bombenangriff auf das Wasserstraßenkreuz. Gott sei Dank haben wir einen solchen nicht erlebt. Im Tunnel saß ich auf unserem Gepäck, ich sollte es bewachen. Dabei bin ich im Tiefschlaf von unserem Gepäck gefallen. Nach der Entwarnung wieder rauf

auf den Bahnsteig. Endlich kam ein Zug, der in die von uns gewünschte Richtung fuhr. Es war ein überfüllter Flüchtlingszug mit Ausgebombten aus Köln. Wir fanden nur noch eine freie Ecke im Gepäckwagen, direkt hinter der Lok. So gut es ging richteten wir uns auf eine längere Fahrt ein.

Inzwischen war es Dunkel geworden. Auf freier Strecke blieb der Zug vor Hannover stehen. Unser Waggon stand auf einer Brücke. Die Sirenen heulten, es kam mal wieder Fliegeralarm. Da niemand wusste, wo man sich hätte in Sicherheit bringen können, blieben alle Menschen im Zug. Wir wussten ja auch nicht, wann der Zug sich wieder in Bewegung setzen würde. Neben den Gleisen befand sich lediglich ein Einmannbunker. Der aber konnte uns nichts nützen. Wir hörten das Geräusch eines Bomberverbandes und kurz darauf das Detonieren von Bomben. Ein Luftangriff auf Hannover! Unser Waggon wackelte beängstigend. Alle fürchteten wir uns sehr und gingen in die Knie um zu beten. Der Spuk ging nach einer Weile wieder vorüber. Es kam Entwarnung. Der Zug setzte sich in Bewegung. Wir waren glücklich, heil davongekommen zu sein. Vor Erschöpfung registrierten wir nicht mehr, wohin die Reise weiterging.

Der folgende Tag kündigte sich mit Regen an. Die Station, an der wir halt machten, war Halle an der Saale. Ich hatte nur eine ungenaue Vorstellung davon, wo die Stadt lag. Wir sollten es aber bald erfahren. Der Zug setzte sich erneut in Bewegung.

Endstation Sachsen

Wir fuhren auf Delitzsch und Eilenburg/Mulde zu. Das schien das Ziel des Flüchtlingstransportes zu sein. Hinter Delitzsch sollte der Zug an jedem kleinen Bahnhof halten, um die Flüchtlinge auf die einzelnen Stationen zu verteilen. Unser Zielbahnhof war schon die erste Station hinter Delitzsch, Hohenroda. Vor dem Bahnhof standen einige Pferdefuhrwerke bereit, um uns abzuholen. Wir stiegen auf ein Fuhrwerk mit einem Doppelgespann. Der Bauer hieß Munkwitz. Er brachte uns in sein Heimatort Brinnis, ein Nachbarort von Hohenroda. Ob etwas miteinander gesprochen worden ist, weiß ich nicht. Es war für uns alles so fremd. Schon die ungewöhnlichen Namen: Delitzsch, Munkwitz, Quielitzsch, Apitzsch, um nur einige Namen zu nennen. Der Bauer Munkwitz blieb unser Gastgeber, er besaß einen schönen Vierkanthof, direkt gegenüber dem Pfarrhaus. Nach unserer Ankunft wurden wir gleich zu Tisch gebeten, was uns freute, denn wir waren sehr hungrig. Ich weiß es noch allzu gut: Es gab Pellkartoffeln mit Quark. Das hätte ich ja noch mit Appetit gut essen können. Aber in dem Quark war Kümmel. Das war nun etwas, was ich gar nicht kannte und mir auch nicht schmeckte. Das müssen wohl die Gastgeber bemerkt haben. Irgendjemand murmelte was von 'verwöhnten Rheinländern'. Das förderte nicht gerade die gegenseitigen Sympathien.

Ich sah mich etwas im Dorf um. Es hatte eine evangelische Kirche (wir befanden uns in der Diaspora) mit

Pfarrhaus, Friedhof, Dorfweiher, Gastwirtschaft, Bäcker mit kleinem Einzelhandel und eine Schule. Das Dorf bestand nur aus einer einzigen breiten Straße, an dem die behäbigen Bauernhöfe lagen, aneinandergereiht, die großen Scheunen von hinten erreichbar. Nach der Größe der Höfe zu urteilen, schien es sich um durchweg wohlhabende Bauern zu handeln, das Land eben und fruchtbar. Soviel ich weiß, waren wir die ersten Flüchtlinge in dem Ort. Wenige Wochen später kamen noch andere Flüchtlinge hinzu, die von ganz anderswoher kamen. Es waren Volksdeutsche aus Bessarabien am Schwarzen Meer. Sie hatten mit ihren 'Panjefahrzeugen' (kleine Pferdekarren) schon tausende Kilometer Fluchtweg hinter sich, im Rücken immer die russische Armee.

In der Schule traf sich ein Gemisch von Einheimischen und Flüchtlingskindern unterschiedlichster Herkunft. Lüdemann hieß unser guter Lehrer. Wir mochten ihn gern. Alle Flüchtlingskinder sollten von ihrer Heimat und ihrem Schicksal erzählen. Bei den Kindern aus Bessarabien war ein Mädchen, von dem ich ganz verklärt war. Ich glaube, ich war in sie so was wie verliebt. Das Gefühl war für mich neu. In meiner jugendlichen Phantasie stellte ich mir vor, dass sich zwischen uns etwas hätte anbahnen können, wenn wir denn in Brinnis geblieben wären. Wir haben uns später aus dem Auge verloren.

Lehrer Lüdemann war auch der, der uns Rheinländer darum bat, einmal unser Messdienerlatein aufzusagen. Er hatte wohl erfahren, dass wir Messdiener waren, weil wir in dem evangelischen Gotteshaus in einem Gottesdienst für Katholiken die Messe dienten. Die ganze Klasse staunte, als sie uns in einer für sie fremden Sprache reden hörten. Neben dem Confiteor sagten wir alles, was wir nur vom Latein im Kopfe hatten. Wir waren sehr stolz darauf.

Chronologisch ist hier die Schilderung des Schicksals meines ältesten Bruders Mathias, Jahrgang 1927, einzuordnen. Ich habe schon erwähnt, dass er bei den Messerschmitt-Werken in Augsburg eine Flugzeugbauerlehre absolviert hatte. Danach musste er seinen halbjährigen Pflichtdienst beim Reichsarbeitsdienst leisten, zuerst in Belfort (Elsass) und später in Rosenheim. Was für die damalige Situation ungewöhnlich war, er konnte nach Abschluss der RAD-Zeit zu uns nach Hause kommen, nach Brinnis also. Es dauerte ganze fünf Wochen, ehe er vom Wehrmeldeamt Delitzsch am 21. März 1945 noch seinen Einberufungsbefehl zur Wehrmacht erhielt. Die einzige und letzte Post, die wir von ihm bekommen haben, ist datiert vom 24. März 1945. Sein Absender lautete: Panzer-Grenadier M. Bach, Leisnig, Sachsen, 5. Ausbildungskompanie z.b.V. (zur besonderen Verwendung).

Am 15. Mai 1945 wurde im Raume Spremberg, Niederlausitz, sein Führerausweis der HJ unter einem umgestülpten Einmachglas auf einem Doppelgrab gefunden. Der Ausweis ist durchschossen, auf der Rückseite sind Blutspuren vorhanden. In dem Ausweis und mit durchschossen ist ein kleiner Zettel,

27.3.45

Liebe Eltern u. Geschw.!

Viele Grüße aus Leisnig sendet Euch Euer Soldat Mathias. Ich bin am 21.3. um 2 Uhr hier angekommen. Zwei Stationen vor Leisnig mußte ich nochmal umsteigen. Dieser Zug der um 8⁰⁵ in Leipzig abfuhr, endete dort. Nach 2½ Stunden bin ich mit dem nächsten Zug aus Richtung Leipzig weitergefahren. Leisnig ist ein sehr schönes Städtchen. Hier ist es schon ziemlich bergig. Der Bahnhof liegt in der Unterstadt. Unsere Unterkunft liegt in der Oberstadt. Die erste Nacht haben wir in der Kaserne geschlafen. Den Tag drauf hatten wir schon Ordnungsübungen und Singen. An dem Tag wo wir ankamen, sind wir auch schon eingekleidet worden. Wir haben 2 Hemden 2 Unterhosen 1 Handtuch 1 Taschentuch 2 Paar Fußlappen und 1 Paar Stiefel gefaßt. Heute hatten wir Unterricht über Dienstgrade u. Abzeichen. Nachmittag: Geländebeschreibung und mit Gewehr Laden u. Sichern. Wir sind seit vorgestern in einem Theatersaal untergebracht mit 200 Mann. Aber ich glaube daß ist nur was vorübergehendes. Das Essen ist so leidlich. Wenn es im-

Einziger Brief des Bruders an die Familie (Privatarchiv Bach)

Führerausweises des Bruders Mathias Bach †1945
(Privatarchiv Bach)

auf dem handgeschrieben steht: Hier ruht ein unbekannter deutscher Soldat. Meine Eltern und die ganze Familie haben sich jahrelang darüber den Kopf zerbrochen, welchen Reim wir uns daraus machen konnten. Die unterschiedlichsten Spekulationen wurden gezogen. Meine Eltern gaben die Hoffnung nicht auf, dass mein Bruder vielleicht doch noch am Leben sei und er eines Tages aus russischer Kriegsgefangenschaft heimkehren würde.

Nach Jahrzehnten, am 20. September 1984, erhielt ich vom Suchdienst des Deutschen Roten Kreuzes ein Gutachten über das Schicksal meines verschollenen Bruders. Das Ergebnis der Nachforschungen führte zu dem Schluss, dass mein Bruder Mathias mit hoher Wahrscheinlichkeit am 22. April 1945 bei den Kämpfen im Raum Cottbus gefallen ist. Er gehörte zu dem Truppenteil Alarmverbände der 4. Armee. Eine amtliche Todeserklärung haben wir nie bekommen. Der Grund: Wir kannten nicht seine Erkennungsmarkennummer. Nur auf dem Grabstein meiner Eltern auf dem heimatlichen Friedhof erinnert bis heute noch eine Inschrift an seinen tragischen frühen Tod.

Am 24. März 1945 wurde ich aus der Volksschule in Brinnis entlassen. Erstaunlicherweise konnte ich am 1. April 1945 bei der Stadtverwaltung der Kreisstadt Delitzsch eine Verwaltungslehre beginnen. Wer das inszeniert hatte, kann ich gar nicht sagen. Ich wunderte mich, dass auch das alles noch so gut funktionierte, bei der um uns herum herrschenden 'Weltuntergangsstimmung'. Das Problem, wie ich täglich zu meiner Arbeitsstelle nach Delitzsch kommen würde, war schnell gelöst. Ich hatte das Fahrrad meines Vaters zur Verfügung, mit dem ich die acht Entfernungskilometer zur Arbeitsstelle gut bewältigen konnte.

Ich erinnere mich: Zu meiner ersten Tätigkeit als Lehrling bei der Stadtverwaltung Delitzsch gehörte es, bei einer Kleintierzählung mitzuwirken. Der Bezirk, der mir zugeteilt wurde, war die baulich noch nicht fertig gestellte, aber schon bewohnte Luftwaffensiedlung in Delitzsch.

Die Amerikaner kommen

Um den 15./16. April 1945 eroberten die Amerikaner den Raum um Delitzsch. Am 19. April 1945 wurde auch die nahe liegende Großstadt Leipzig von den Amerikanern eingenommen. Am Abend vorher, ehe die Amerikaner in unser Dorf einzogen, zeigte sich nichts mehr von einer deutschen Front. Sie bestand lediglich aus einem Motorrad mit Beiwagen, worauf ein MG montiert war. Zwei Wehrmachtsangehörige beobachteten mit einem Fernrohr den Beschuss der Stadt Delitzsch durch amerikanische Artillerie. Die in das Dorf einrollenden amerikanischen Panzer beobachteten wir durch das Kellerfenster. Von den Soldaten sahen wir nur die Beine und das Schuhwerk. Wer darin steckte, bekamen wir schnell zu sehen. Es fiel kein Schuss. Alle Hausbewohner mussten sich in der Hausdiele versammeln und wurden von einem GI mit Maschinengewehr bewacht. Andere Amis durchsuchten das Haus. Verschlossene Türen wurden kurzerhand mit dem Gewehrkolben eingeschlagen, mit Bajonetten in Getreidevorräten herumgestochert.

Der amerikanische Soldat - ein Schwarzer - der uns mit schussbereitem MG bewachte, musterte uns. Mit dem Blick auf meine Skihose von der HJ meinte der GI an mich gewandt: You SS!? Ich konnte darauf nur lachen, ich war doch gerade erst 14 Jahre alt. Meine Eltern aber hatten die große Befürchtung, dass die Amis mich mitnehmen könnten, was aber Gott sei Dank nicht geschah. Meine Eltern hatten dem Soldaten wohl klarmachen können, dass ich gerade erst aus der Schule entlassen worden war.

Noch eine Erinnerung an diese Tage: Plötzlich ein gewaltiger Lärm am Himmel. Über uns im Tiefflug brauste ein amerikanischer Bomberverband in Richtung Osten. Wir hörten bald, dass die Kleinstadt Eilenburg an der Mulde in Schutt und Asche gelegt worden war. Es war am 17. April 1945.

Mein Dienst bei der Stadtverwaltung in Delitzsch ging fast ungestört nach der Besetzung durch die Amerikaner weiter. Außer einigen wenigen personellen Veränderungen in der Spitze der Verwaltung habe ich von den Besatzern in Delitzsch kaum etwas gemerkt.

Ich muss noch einmal etwas weiter ausholen: Mein Vater hatte mir, ich weiß nicht wie, in Brinnis ein neues Akkordeon beschafft, und zwar auf dem Tauschwege. Er hatte dafür sein tolles Radio hergegeben. In der Heimat hatte ich auch schon ein solches Instrument besessen, ein Akkordeon mit 80 Bässen, was ich nicht mit in die Evakuierung nehmen konnte. Ich hatte zu Hause einige Jahre Musikunterricht bekommen und konnte schon leidlich gut spielen. In dem Dorf Brinnis waren eine ganze Reihe ausländischer Landarbeiter. Auch auf dem Hof Munkwitz, wo wir wohnten, waren zwei, ein älterer Ukrainer und ein junger Pole. Ständig wurde ich von den ausländischen Arbeitern gebeten, doch Musik zu machen, sie wollten gerne tanzen. Mein Rückschluss daraus: Es muss demnach wohl auch weibliche ausländische Arbeitskräfte in Brinnis gegeben haben, womit hätten sie denn sonst tanzen wollen? Meine Eltern hatten erhebliche Bedenken, mir ihre Einwilligung dazu zu geben, ich war ja erst 14. Schließlich gaben sie dem dauernden Drängen nach und ich spielte für sie.

Der Dank folgte auf dem Fuße: An einem Abend, ich lag schon im Bett und meine Eltern ebenfalls, erschien in meinem Schlafzimmer ein mir unbekannter, ausländischer Landarbeiter, begleitet von einem amerikanischen Soldaten mit schussbereitem MG. Sie forderten von mir mein Akkordeon, sie würden es mir auch wieder zurückbringen, versicherten sie. Ich weckte meinen Vater nebenan. Aus Angst, sie würden uns etwas antun können, gaben wir das Instrument heraus. Ich habe es nie wieder gesehen.

Unsere Gastgeber

Mit unserem Gastgeber Ehepaar Munkwitz verstanden wir uns inzwischen schon sehr viel besser. Mein Vater wusste sich mit seinen vortrefflichen handwerklichen Fähigkeiten überall nützlich zu machen. Meine Mutter hatte auch ein Auge dafür, wo Hilfe nötig war. Ich habe dort sogar Kühe melken gelernt.

Sehr interessant für mich wurde es, wenn der Backofen in Betrieb genommen wurde. Er befand sich innerhalb des Hauses in einem Raum neben der Küche. Er wurde mit trockenen Schanzen auf glühende Hitze gebracht. Zuerst wurde das Brot darin gebacken. Wenn die Hitze etwas nachgelassen hatte, kamen die großen Kuchenbleche dran. Und dann blieb immer noch Hitze für die Nachbarn, die auch noch ihre Fläden in den Ofen schieben konnten.

Hin und wieder bot mir der Gastgeber an, ihn auf seinen Fahrten mit seinem Pferdefuhrwerk zu begleiten. Auf einer Fahrt nach Bitterfeld musste eine Fuhre Brikett geladen werden. Ein andermal fuhren wir zur Zuckerfabrik nach Delitzsch. Von dort holten wir Rübenschnitzel für die Fütterung der Tiere. Ich fand das alles sehr kurzweilig, mit dem Bauern vorne auf dem Kutschbock zu sitzen mit zwei Pferden im Gespann. Wenn ich neben ihm saß, dachte der Bauer vielleicht an seinen einzigen Sohn? Was ich nicht wusste, er hatte wenige Wochen vorher seine Todesnachricht erhalten. Er sprach nicht davon.

Im Dorf hatte ich auch einen Freund gefunden, Günther hieß er. Seine Eltern hatten eine Bäckerei. Er musste das Brot und die Brötchen mit einem Bäckerwagen und einem Pferd davor zur Kundschaft bis in die Nachbarorte bringen. Ich war dabei gerne sein Begleiter. Die Jungen in den Nachbarorten machten sich einen Spaß daraus, unser Pferd scheu zu machen. Wir beide versteckten uns dann zu unserer Sicherheit im Kastenwagen und fuhren dann im Galopp durch die Nachbarorte.

Rausschmiss aus unserer Wohnung

Eines Tages hieß es, wir müssen raus aus unserer Wohnung. Die Amerikaner brauchten die Räume. Aber wo sollten wir hin? Es war doch alles mit Flüchtlingen voll gestopft. Uns wurden in einem Haus zwei Zimmer zugewiesen. Aus einem bestimmten Grunde brauchten die neuen Gastgeber bisher keine Flüchtlinge aufzunehmen. Zu der Familie gehörten nämlich zwei Töchter, die beide geisteskrank waren. Irmchen, die jüngere, war unglaublich stark. Wenn sie nicht zu Arbeiten im Garten herangezogen wurde, lief sie draußen ständig um einen Strauch herum, immer unverständliche Laute von sich gebend. Die ältere Schwester konnte zeitweise den Haushalt führen. Hin und wieder bekam sie einen 'Rappel'. Der Vater verpasste ihr dann eine Ohrfeige, das half. Ständig lief sie an die Haustür, um nach ihrem Liebsten Ausschau zu halten, der sie früher einmal verlassen haben soll. Es waren alle sehr liebe Menschen. Der alte Vater und Sohn Kurt kümmerten sich rührend um unser Wohlergehen. Reichtümer besaßen sie keine, hatten keine Kühe, wohl aber ein paar Ziegen. Von dem Wenigen was sie hatten, gaben sie uns noch ab. Trotz der besonderen Verhältnisse fühlten meine Eltern und ich uns sehr wohl bei ihnen. Wir machten uns nützlich bei ihnen wo wir nur konnten. Jahrzehnte lang haben wir die Verbindung zu ihnen nicht abreißen lassen; bis heute noch bestehen zu den Nachfahren Kontakte.

Ich bin noch nicht am Ende mit meinen Geschichten aus Sachsen. 'An der Saale kühlem Strande, steh'n die Burgen stolz und kühn'. Ich habe sie gesucht und gefunden z.B. in Halle die Stadtbefestigung und die Moritzburg.

Sehr getroffen hatte mich, dass mir in Delitzsch das Fahrrad meines Vaters gestohlen wurde. Schuld daran war sicher auch meine Gutgläubigkeit. Auf die Schnelle wollte ich mir nur eine Zeitung kaufen und hatte mein Fahrrad unabgeschlossen vor dem Zeitungsladen stehen lassen. Innerhalb weniger Minuten war mein Fahrrad weg. Wie sollte ich das zu Hause sagen? Es war ein so tolles Rad, Halbballon, Marke 'Vaterland'. Ich traute mich fast nicht nach Hause. Meine Eltern wussten mich zu trösten. Wir hatten ja noch ein zweites Rad, allerdings ein Damenrad. Wie wir in den Besitz dieses Rades gekommen sind, ist nebensächlich. Die Schilderung würde zu weit führen. Auch dieses Rad wurde mir später gestohlen, und zwar vom Fahrradständer im Hof der Stadtverwaltung Delitzsch. Ich war verzweifelt, ich musste jetzt mit dem Zug zur Arbeitsstelle fahren und von Brinnis bis zum Bahnhof Hohenroda immer 3 bis 4 km laufen und dann in Delitzsch noch mal lange Wege vom Bahnhof bis zum Rathaus am Marktplatz.

Über Nacht kamen die Russen ins Land

Auf der Konferenz von Jalta/Krim vom 4.–11. Februar 1945 einigten sich die Siegermächte, vertreten durch Stalin, Churchill und Roosevelt, auf die Aufteilung Deutschlands nach Ende des Krieges in drei Zonen. Später kam die vierte, französisch besetzte Zone hinzu.

Ich weiß nicht mehr das genaue Datum, es war vermutlich im Juni 1945, plötzlich waren die Amerikaner verschwunden und die Russen besetzten Sachsen, Thüringen und Sachsen-Anhalt. Mit einem Schlag war alles anders: Bei meiner Ankunft in Delitzsch waren die Straßen des Zentrums mit roten Transparenten überspannt mit der Aufschrift: 'Wir grüßen die siegreiche Rote Armee'. Das Personal bei der Stadtverwaltung wurde rücksichtslos, radikal ausgewechselt. In unseren Augen harmlose Menschen verschwanden über Nacht, z.B. ein Blockwart in Brinnis. Keiner ahnte, was mit diesen Leuten geschah. Mit eigenen Augen sah ich eines Tages einen Güterzug mit geschlossenen Waggons in Richtung Eilenburg, also gegen Osten, rollen. Durch die kleinen schmalen hohen Fensterluken konnte ich Menschen wahrnehmen. Ich vermutete, um welche es sich handelte.

Kurzerhand wurde im September 1945 eine kleine Bodenreform durchgeführt. Die Flüchtlingsbauern konnten nicht glauben, was ihnen widerfuhr. Ich wurde Augenzeuge davon, wie auf den noch nicht abgeernteten Rübenfeldern des Rittergutes Döbernitz bei Delitzsch Flüchtlingsbauern ein Stück Land von 20 Morgen zugemessen bekamen.

Die Russen wurden gerne dargestellt als rückständige, primitive Menschen. Das drückte sich auch aus in dem Witz über einen russischen Soldaten, der eine WC-Spülung mit einem Telefon verwechselte oder von einem Russen, der sein nagelneues Fahrrad gegen einen verrosteten Drahtesel vertauscht haben wollte, weil er glaubte, dass es sich bei dem alten Fahrrad um ein besonderes Rad handele, auf dem man freihändig fahren könne. Er fiel damit aber sofort auf die Nase. Der Junge mit dem neuen Fahrrad hatte sich schleunigst aus dem Staub gemacht. Mit solchen Geschichten machte man sich über die Russen lustig. Sie nährten die Vorstellung von den 'primitiven' russischen Untermenschen und förderten absolut keinen Versöhnungsgedanken.

Jeder wusste Horrorgeschichten von gewaltsamen russischen Soldaten zu erzählen, die Frauen vergewaltigten und andere schlimme Dinge taten. Ich habe aber auch von jungen russischen Offiziersanwärtern gehört, die sich tadellos und korrekt uns Deutschen gegenüber verhielten. Weder mit den einen noch mit den anderen bin ich persönlich in Verbindung gekommen.

Wir erhielten Religionsunterricht im Nachbardorf Spröda von einer Schwester, die von der katholischen Hauptpfarre in Delitzsch kam. War es vielleicht der Firmunterricht? Es könnte so gewesen sein. Ich weiß mich auch an einen Gottesdienst in der katholischen Kirche in Delitzsch zu erinnern. Ob ich bei dieser Gelegenheit auch gefirmt worden bin, ist mir bedauerlicherweise nicht mehr gegenwärtig. In blasser Erinnerung habe ich noch, dass ich in der Zeit einmal krank war, wodurch ich vielleicht die Firmung selbst versäumt habe könnte. Ich bin mir also überhaupt nicht bewusst, je gefirmt worden zu sein. In späteren Jahren hat niemand mehr danach gefragt.

In unmittelbarer Nähe unseres Dorfes Brinnis lag der Flugplatz Delitzsch. Nach Ende des Krieges konnte sich die Bevölkerung dort mit allem möglichen bedienen. Auf diese Weise erhielten wir ein Kleiderspind, ein paar Stühle und einen kleinen Tisch. Wir waren froh darüber. Wir hatten ja nichts dergleichen, was wir als unser Eigen bezeichnen konnten.

Für mich war etwas ganz anderes viel interessanter: Wir Jugendliche kamen nämlich an Ersatzteile von Flugzeugen. Sogleich hatte ich die Idee, von einem Reservetank für Jagdflugzeuge ein Boot zu bauen. Die Tanks waren leer und bestanden aus Aluminium. Das Material war leicht zu bearbeiten. Einstieg und Spanten hatte ich schnell herausgeschlagen. Ein Höhenleitwerk eines Jagdflugzeugs wurde als Kiel angebracht. Erstaunlicherweise war dieses Material aus Sperrholz. Da mir das Teil zu leicht schien, habe ich es unten mit zwei Eisen beschwert, aber nicht schwer genug, wie sich bald herausstellte. Paddel zu basteln war auch ein Klacks. Der 'Stapellauf' konnte auf dem Dorfweiher stattfinden. Ich stieg ins Boot, glitt bis in die Mitte des Teiches, wunderbar. Ich war begeistert. Auf einmal aber, schwupps, kippte das Boot um. Ich hatte Not, aus der engen Öffnung herauszukommen. Bis an das Ufer zu gelangen, war weniger ein Problem. Das Boot war abgesoffen, ich war pudelnass. Zum Glück hatte ich nur wenige Zuschauer. Auf einem Feldweg verdrückte ich mich nach Hause. Der Weg nach dorthin war ziemlich weit, es lag am anderen Ende des Dorfes.

Rückkehr in die Heimat

Die Sehnsucht, wieder nach Hause in die Heimat zu kommen, wurde immer größer. Ich hatte die Vorstellung, wenn ich wieder gesund mit meinen Eltern nach Hause käme, zu allererst in unsere Heimatkirche zu gehen, um mich für eine glückliche Heimkehr zu bedanken. Ich habe das zwar auch getan, wenn auch nicht zuallererst.

Das Problem aber war, wie wir wieder nach Geilenkirchen kommen könnten. Die Benutzung öffentlicher

Verkehrsmittel war nicht so ohne weiteres möglich, sogar einige Zeit verboten. Wir hätten uns auch zu Fuß auf den Heimmarsch gemacht. Wie aber wollten wir die wenigen Habseligkeiten tragen? Mein Vater hatte schon einen gummibereiften kleinen Wagen organisiert. Es fehlte uns nur das Pferd dazu. Das aber war nicht zu kriegen. Auf der Suche nach anderen Reisemöglichkeiten empfahl man uns dann doch, es mit der Bahn zu versuchen. Wir bekamen vom Ortsvorsteher eine Bescheinigung, dass wir befugt seien, in unsere Heimat zu reisen. Die Zeit drängte, es wurde nämlich immer schwieriger, die Zonengrenze zu passieren. Wir traten die abenteuerliche Reise an. Was wir tragen konnten, nahmen wir mit. Trotzdem mussten wir einiges zurücklassen. Über Halberstadt brachte uns der Zug bis zur Zonengrenze bei Ilsenburg im Harz. Dort war die Grenze, die verriegelt war. Einen offiziellen Übergang in den Westen gab es nicht oder wir kannten ihn vielleicht auch nicht.

Das Abenteuer ging los. Mein Vater musste zunächst einen Schleuser suchen, der uns auf Schleichwegen über die Zonengrenze führen konnte. Der wurde auch bald gefunden. Der Mann war aber mit Geld nicht zu bezahlen. Am Ende der Verhandlungen gab er sich mit der goldenen Taschenuhr meines Vaters zufrieden. Der Versuch, über die Grenze zu gelangen, startete noch am selben Tage. Der Weg über Felder und durch einen Wald war weit und konnte nur zu Fuß zurückgelegt werden. Ich hatte einen Rucksack und zwei Koffer. Einer war mit Broten gefüllt und unendlich schwer. Ich wollte ihn im Straßengraben liegen lassen, meine Eltern redeten mir gut zu, das nicht zu tun. Ein russischer Soldat erschien mir in der Lage fast wie ein rettender Engel, obwohl er alles andere war, als ein solcher, wie sich herausstellte. Wir wurden aufgefordert, unsere Pässe zu zeigen. Zusätzlich hielt mein Vater ihm die Reiseerlaubnis unseres Ortsvorstehers unter die Nase. Ich glaube, die konnte er gar nicht lesen. Er kannte womöglich nur ein einziges deutsches Wort, es lautete: 'zurück' - dawai, dawai. Das hatten wir verstanden.

Wir gingen also zurück nach Ilsenburg. Es nahm uns niemand auf. Die kalte Nacht überstanden wir in einem Vorbau eines Hauseingangs.

Am folgenden Tag mit Hilfe unseres Schleusers ein zweiter Versuch. Diesmal wurden wir nicht von einem Grenzposten erwischt. Im Wald näherten wir uns einem kleinen Flüsschen. Unser Schleuser sagte, da müsst Ihr noch durch, dann seid Ihr im Westen. Der Schleuser zog sich zurück, wir wateten durch das Flüsschen und kamen mit nassen Füßen total erschöpft aber sonst wohlbehalten auf der anderen Seite an. Dort ließen wir unsere Lasten und uns selbst zu Boden fallen. Wir heulten vor Freude und Glück in der Freiheit angekommen zu sein. Amerikanische Soldaten waren uns beim Besteigen eines Militärlastwagens behilflich. Man brachte uns nach Bad Harzburg in ein Flüchtlingslager. Woran ich mich da erinnere? Uns wurde mit einer Riesenspritze Talkum in die Kleider gepustet gegen irgendwelches Ungeziefer, was wir aber nicht hatten.

Es konnte sich nur noch um wenige Tage handeln, um nach Hause zu kommen. Dieses aber auch zu dürfen, mussten wir nachweisen können, in Geilenkirchen auch eine Unterkunft zu finden. Das konnte mein Vater. Wir hatten erfahren, dass unser Haus zwar beschädigt, aber nicht total zerstört war. Der Weg für unsere Rückkehr in die Heimat war frei. Endlich, Gott sei gedankt!

Nachwort zu Teil 2

Zurück in der Heimat. Das Ende einer Odyssee. Ich habe die großen Ereignisse immer nur am Rande miterlebt, Gott sei Dank. In den Zentren der Katastrophen wären wir vermutlich, wie ungezählte Millionen, nicht mit dem Leben davongekommen.

Am Ende dieses Teils meiner 'Erinnerungen' möchte ich den kompetenten Zeithistoriker, Sebastian Haffner, nochmals zu Wort kommen lassen. Ich zitiere wieder aus seinem Buch 'Anmerkungen zu Hitler': „Die Vernichtung Deutschlands war das letzte Ziel, das Hitler sich setzte. Er hat es nicht ganz erreichen können, so wenig wie seine anderen Vernichtungsziele. Erreicht hat er damit, dass Deutschland sich am Ende von ihm lossagte - schneller als erhofft, und auch gründlicher".

Ein Ausspruch Hitlers nach dem 'Nerobefehl' vom 19. März 1945 gegenüber dem protestierenden Speer, damaliger Rüstungsminister: „Wenn der Krieg verloren geht, wird auch das Volk verloren sein. Es ist nicht notwendig, auf die Grundlagen, die das deutsche Volk zu seinem primitivsten Weiterleben braucht, Rücksicht zu nehmen. Im Gegenteil, es ist besser, selbst diese Dinge zu zerstören. Denn das Volk hat sich als das schwächere erwiesen, und dem stärkeren Ostvolk gehört ausschließlich die Zukunft. Was nach diesem Kampf übrig bleibt, sind ohnehin die Minderwertigen, denn die Guten sind gefallen."

Da bleibt einem die Luft weg. Ich mag dazu keine Worte verlieren. Jeder wird sich dabei aber seine Gedanken machen.

Haffners Studien „verdienen höchstes Lob: Zur Aufklärung der Nachgewachsenen, aber auch zur Reflexion derjenigen, die dabeigewesen sind". (Zitat aus: Süddeutsche Zeitung). Das Buch ist im Fischer Taschenbuch Verlag erschienen und auch heute noch im Buchhandel erhältlich.

Nach meiner Meinung ist der sicherste Schutz gegen den Einfluss nazistischen Gedankengutes heute die Kenntnis der Geschichte der NSDAP von den Wurzeln bis zum Suizid Hitlers.

* * *

3. Teil

Die ersten Nachkriegsjahre

Wieder zu Hause

Mitte Oktober 1945 kamen wir nach Geilenkirchen zurück. Über 13 Monate waren wir von zu Hause weg.

Unsere Heimatstadt war durch die mehrfach wechselnde Front zu 80% zerstört. Manche Gebäude waren nicht mehr vorhanden. Wir kannten uns zum Teil in unserer eigenen Stadt nicht mehr aus. Mein Elternhaus hatte verhältnismäßig geringe Schäden. Das Dach war stark beschädigt, mein zweiter Bruder hatte es aber schon notdürftig mit fremden, bunten Dachziegeln geflickt, eine Blindgängergranate hatte die Betondecke der 1. Etage durchschlagen, die halbe Haustreppe fehlte, Fensterrahmen und Türen waren ebenfalls verschwunden. Der Wind pfiff ungehindert durch die Räume. Teils waren die Fensteröffnungen mit Brettern zugenagelt. Das Material dafür zu bekommen, war nicht einfach. Verhältnismäßig leicht war es, gebrauchte Nägel wieder gerade zu klopfen. Das Haus meines Onkels nebenan hatte viel mehr mitbekommen - der Hausgiebel war von einer Granate total weggerissen. Vor uns hatte eine Familie mit 3

Kindern in meinem Elternhaus Unterschlupf gefunden. Wir rückten zusammen. Ohne Möbel brauchten wir nur wenig Platz. Der Kontakt zu unseren Mitbewohnern war gut. Ich erinnere mich an ein Gespräch der beiden Väter untereinander. Es fand im Keller unseres Hauses statt. Ich stand dabei. Unser Mitbewohner erzählte meinem Vater, dass man ihm gesagt hätte 'wenn der Bach zurückkommt, schmeißt der euch wieder aus der Wohnung raus'. Er war erstaunt zu erleben, was mein Vater in Wirklichkeit für ein umgänglicher Mensch war. Wir standen uns in der gemeinsamen Not nach Kräften bei.

Da wir nur eine alte, kaputte Matratze und unser altes Sofa, in dem der Blindgänger gesteckt hatte, auf der 1. Etage unseres Hauses wiederfanden, versuchten wir natürlich herauszubekommen, wo wir vielleicht unsere alten Möbel aufstöbern könnten. Wir mussten erfahren, dass unsere Wohnung Parterre von deutschen Soldaten mit Holzbohlen belegt worden war, zum Schutz gegen Granaten. Im darunter liegenden Luftschutzbunker unseres Hauses ist vermutlich eine militärische Zentrale gewesen sein. Unsere Möbel sind demnach schon sehr früh vom deutschen Militär weggeschafft worden. Auch sprach man davon, dass Frühheimkehrer aus der Evakuierung sich in leerstehenden Wohnungen 'bedient' haben sollen. Diesen Gerüchten wollten wir aber nicht nachgehen.

Schon in den ersten Tagen nach unserer Heimkehr, wurde uns von Brinnis/Sachsen eine böse Nachricht übermittelt: Die russischen Soldaten mussten sich 'aus dem Land' ernähren. Um an Schlachtvieh zu kommen, sollten sie beim jeweiligen Ortsvorsteher eine Bescheinigung vorweisen, dass sie zur Beschlagnahme eines Schlachttieres berechtigt seien. Der Bürgermeister benannte dann einen Bauern, wo das Schlachttier geholt werden konnte. Bei einer solchen Gelegenheit wurde der Ortsvorsteher von Brinnis im Flur seines Hauses von den russischen Soldaten erschossen, weil sie sich nicht vorschriftsmässig legitimieren konnten.

Der Hunger machte uns zu schaffen

Wo bekamen wir etwas zu essen her? Der mitgebrachte Brotvorrat reichte nicht mehr lange. Gab es vielleicht irgendwo Kartoffeln? Ich weiß gar nicht mehr, wovon wir uns ernährt haben. Die Felder konnten 1945 noch nicht bewirtschaftet werden. Das war viel zu gefährlich für die Bauern wegen der Minen, die noch nicht geräumt waren. Manch ein Bauer ist beim Pflügen seines Ackers zu Tode gekommen. Ich weiß es nicht mehr im Einzelnen, wie wir uns durchgehungert haben. Irgendjemand hatte in einem Keller noch ein paar alte gefüllte Einmachgläser gefunden. Es war 1945 oder im Herbst 1946. Mein Vater nahm mich mit in den Selfkant, wo er zu einem ihm bekannten Bauern wollte. Auf seine Bitte, ob wir vielleicht Kartoffeln bekommen könnten, erhielten wir eine Hand voll mit der Bemerkung, dass es ihm lieber wäre, wenn wir nicht mehr wiederkommen würden. Statt um irgendetwas an Essen zu bitten oder gar zu betteln, war es leichter, selbst Essbares herzustellen. Beispiele: Wenn es ohne Gefahr möglich war, sammelten wir auf den Feldern Ähren, 'sümern' nannten wir das. Die vom Ackerboden aufgehobenen Ähren wurden zu handgroßen Sträußchen zusammen gebunden, zu Hause gedroschen und anschließend in der Kaffeemühle zu Mehl gemahlen. Aus Maiskörnern wurden kleine Fladen gebacken. Ergiebig war oft das 'Stoppeln' von Kartoffeln.

Dazu eine Geschichte: Die Züge waren immer überfüllt. Viele Menschen standen oft auf den langen Trittbrettern der Personenwagen, hockten auf den Puffern oder krallten sich auf den Dächern der Waggons fest, die Strecke Aachen-Mönchengladbach war noch nicht elektrifiziert. Ein solch überfüllter Zug kam von Aachen. Vor der Station Lindern, in Höhe etwa von Leiffarth, sahen die Leute vom fahrenden Zug aus ein abgeerntetes Kartoffelfeld, was sich vorzüglich zum 'Stoppeln' eignete. Ein Fahrgast zog kurzerhand die Notbremse. Das ganze Volk stürzte sich auf den Kartoffelacker. Der Zug fuhr weiter.

Das Kompensieren

Was einem nach Jahrzehnten tröpfchenweise noch alles zu diesem Thema einfällt: Meine Eltern waren im Tauschhandel eher ungeschickt. Eine meiner älteren Cousinen aus Heinsberg war darin jedoch sehr geübt. Eines Tages, genauer eines nachts, wurde in unserem Keller ein Schaf geschlachtet. Ich war nicht dabei, ich wollte mir das nicht ansehen. Bei anderer Gelegenheit brachte die geschäftstüchtige Cousine uns ein halbes Pfund gute Butter mit. Die (ich meine nicht nur meine Cousine) war sehr begehrt. Sie hatte eine verrückte Idee. Sie bestand nämlich darauf, die Butter zu einer Konditorei zu bringen, um davon einen Buttercremkuchen herstellen zu lassen. Das geschah dann auch. So kamen wir mitten in der Hungerzeit zu einem köstlichen Hochgenuss. Wie er unsere Mägen bekommen ist, weiß ich nicht mehr zu sagen.

Mir kam das oft alles 'verdreht' vor. Es schien mir, dass es den Menschen, denen es zu normalen Zeiten gut ging, hungerten und die früheren Habenichtse mit dem was sie geschäftstüchtig erhandelten, gerne protzten. Ich muss sagen, dass meine Meinung damals sehr subjektiv war, und auf meine Verwandten nicht zutraf. Sie sorgten sich um uns mit, wie ich mehrfach beschrieben habe.

Hungernde strömten aus den Städten auf das Land

Wahrhaft zeitgeschichtliche Begebenheiten in unserer Heimat, die sich über lange Zeit täglich wiederholten: Die Kleinbahnbrücken zwischen Geilenkirchen und Bauchem waren noch zerstört. Die Kleinbahnzüge fuhren erst ab Bauchem in den Selfkant. Täglich zogen Ströme von hungernden Menschen aus den Großstädten durch unsere Stadt vom Bahnhof bis nach Bauchem. Sie hofften, für ihre Tauschware Essbares zu bekommen. Wenn sie Glück hatten, konnten sie einen Sack Kartoffeln oder sonst etwas Nahrhaftes nach Hause schleppen. Die Personenwagen der Kleinbahn waren nicht als solche zu bezeichnen. Es waren zum Teil offene Güterwagen, worin die Menschen sich drängen mussten. Ein einheimischer Maler hatte sich von einer solchen Szene beeindrucken lassen. In der 'Kleinbahnhofsgaststätte Kriege' hatte er ein Fresko gemalt. Beim Abbruch des Gebäudes fiel es der Spitzhacke zum Opfer. Heute wäre es ein Zeitdokument.

Zuckerrüben waren unsere Rettung

Zuckerrüben waren unsere ergiebigste Nahrungsquelle. Wenn die Rübenernte begann, hatten wir auch unsere Hochsaison. Die Rüben wurden auf dem Güterbahnhof in Geilenkirchen von den Bauernfahrzeugen auf die Eisenbahnwaggons umgeladen. Das geschah lange Zeit von Hand mit einer breiten Gabel. Es war nicht selten, dass dabei Rüben herunterfielen, die wir uns aufheben durften. Hatten wir einen Sack voll, fuhren wir sie mit einem kleinen Wägelchen nach Hause. Dort wurden sie gereinigt, gewaschen und zerstückelt und dann in einem großen Waschkessel im Keller gekocht. Wenn sie gar waren, wurden sie in einer großen Presse bis auf den letzten Tropfen ausgepresst. Heute frage ich mich, woher wir denn die Presse hatten? Der Saft kam dann in den Waschkessel, wo er unter ständigem Rühren langsam eindickte und seine bekannt dunkelbraune Farbe bekam. Passten wir nicht genug auf, konnte es leicht geschehen, dass das Rübenkraut anbrannte. Es schmeckte dann auch nicht mehr gut, trotzdem wurde es verbraucht. Als Tauschware war es dann allerdings nicht mehr so vorteilhaft.

Mit einigen Eimern guten Rübenkrautes aus eigener Herstellung zogen mein Vater, mein Bruder und ich nach Aachen zu einer Glasgroßhandlung. Als Gegenwert bekamen wir für unser Kraut 'Fensterglas'. Dabei handelte es sich um dickes Rohglas, es ließ zwar Licht durchscheinen, man konnte aber nicht durchschauen. Es war auf jeden Fall besser als die Bretter und das Rollglas, das wir bis dahin in unseren Fenstern hatten. Die Glasgroßhandlung in Aachen lag am Ende der Antoniusstraße, die einen etwas zweifelhaften, anrüchigen Ruf hatte. Im Vorbeigehen ließen wir nur einen kurzen Blick auf die speziellen Schaufensterauslagen in dieser Straße fallen. Mein Vater gab keinen Kommentar dazu.

Bei anderer Gelegenheit konnten wir unser Rübenkraut als Tauschware für den Erwerb eines Englisch-Lehrbuches verwenden.

Unser Garten eine Panzerstraße

Unser Garten lieferte Obst von Bäumen und Sträuchern und jede Menge Gemüse. Jeder Quadratmeter wurde ausgenutzt. Ehe der Boden aber etwas hergab,

„Die Kartoffelsucher"
Kohlezeichnung des Geilenkircheners Künstlers A. Amedick, 1946
(Zeitschrift HS-Life Nr. 1, 1974)

mussten wir riesige Mengen Schutt tief vergraben. Der Bauschutt stammte von einem niedergewalzten Gebäude in der Nachbarschaft. Die Amis hatten durch unseren Garten mit dem Bauschutt eine Panzerstraße gezogen.

An dieser Stelle drängt sich die Frage dazwischen, was aus dem in unserem Garten vergrabenen Familienschatz geworden ist. Er ist glücklicherweise nicht von den Panzerketten zermahlen worden. Mein Bruder hatte ihn, kurz bevor die Amerikaner ins Land kamen, auf abenteuerliche Weise 'gehoben'.

Auch habe ich noch das Bild vor Augen, dass der Trümmerschutt aus der Stadt zur damaligen Neustraße gebracht werden musste und auf Zillkens Wiese gekippt wurde. Das Grundstück lag damals tiefer als die Straße. Es wird heute gelegentlich zum Aufbau von Zirkuszelten benutzt.

Zu meinen Erinnerungen aus damaliger Zeit gehören auch noch einige weitere Geschichten: Es könnte Ende 1945 gewesen sein. Vom Bahnhof Geilenkirchen in das Hinterland bis nach Heinsberg existierte schon eine Direktverbindung. Sie bestand aus einem Pferdefuhrwerk mit Doppelgespann und einem Planwagen mit zwei Achsen. Der private Betreiber hieß 'Eekeboom' (Eichenbaum), aus Heinsberg. Meine Eltern und ich machten einmal Gebrauch von dieser einzigen Verkehrsverbindung zur fast völlig zerbombten Stadt Heinsberg, um dort Verwandte aufzusuchen.

Von der Stadt Geilenkirchen hatte mein Vater in der Teverener Heide eine von Feuer verkohlte Waldparzelle zum Holzschlag erworben. Alle Männer unserer Familie mussten mit ran. Es war eine saumäßige Arbeit. Wir sahen aus wie Kumpels von unter Tage. Wie die Holzfuhre nach Geilenkirchen gekommen ist, weiß ich nicht mehr. Vermutlich durch 'Bendere Lui', ein bekanntes Geilenkirchener Original, der ein Pferdefuhrwerk besaß.

Eine weitere ergiebige Heizmaterial Quelle hatten wir ausfindig gemacht. Es war die damals noch rabenschwarze Wurm. Die Schlammablagerungen im Wurmbett rührten her von den Abwässern der flussaufwärts liegenden deutschen und auch holländischen Zechen. Bei Niedrigwasser haben wir an bestimmten, seichten Stellen in der Wurm fetten Schlamm herausgeholt und mit Handkarren nach Hause geschafft. In unserem Keller musste der Schlamm zunächst etwas trocknen. In feuchtem Zustand eignete er sich gut zum Beheizen des Herdes und anderer Öfen, sofern wir welche besaßen. Brikett- und Koksfuhren vom Kohlenhändler gehörten zum Traum vergangener Zeiten. Stattdessen bekamen wir vom Kohlenhändler einmal eine ganze Fuhre nassen Schlamm vor unser Haus auf den Bürgersteig gekippt. Ich weiß noch, was das für eine Sträflingsarbeit war, den Schlamm durch das Kellerfenster in den Keller zu werfen.

Alle haben wir damals gelernt, irgendwie zu überleben. Jahrelang ist es uns sehr schlecht ergangen.

Rückwärts schauend haben wir uns schon oft gesagt, dass die schlechten Zeiten auch eine gute Seite hatten. Sie haben uns, so glauben wir, lebenstüchtiger gemacht. Daran denken wir oft beim Umgang mit jungen Leuten, denen diese Erfahrungen erspart geblieben sind.

Tote und verletzte Schulfreunde in der Heimat

Etwas anderes gehörte zu meinen ersten, schrecklichen Eindrücken nach unserer Heimkehr: Ich traf auf Freunde, die schon frühzeitiger nach Geilenkirchen zurückgekommen waren. Sie erzählten von ihren Spielen mit gefundener Munition, so auch mit Eierhandgranaten, mit denen sie herumgeworfen hatten. Sie berichteten von einem gleichaltrigen Schulkameraden von der Heinsberger Straße, der mit dicken Steinen auf einen Haufen Panzerminen geworfen haben soll. Bei der Explosion der Minen ist er ums Leben gekommen. Ein anderer Schulkamerad lief im Hünshovener Büschchen auf eine Holzmine. Ihm wurde der halbe Fuß abgerissen.

Weihnachten 1945

Mein Bruder Hans-Peter war schon vor unserer Rückkehr einmal zu Hause in Geilenkirchen gewesen. Er ist aber wieder weggegangen. Er hatte sich in Hückes-

wagen in einem Hotel bei den Engländern als Küchen-
boy durchgeschlagen. Meine verheiratete Schwester
wohnte ebenfalls als Evakuierte in Hückeswagen.

Von dort kam in unserer großen Not ein erster Lichtblick. Es war wie ein Wunder. Meine Schwester und
mein Schwager luden uns zum Weihnachtsfest 1945
nach Hückeswagen ein. An die umständliche Bahn-
fahrt dorthin weiß ich mich noch schwach zu erinnern. Das für uns Unfassbare war, dass mein
Schwager mit Familie die Villa des Gauleiters Florian,
Gau Düsseldorf, in Hückeswagen am Biggesee als
Flüchtling zugewiesen bekommen hatte. Hier konnten
wir die Weihnachtsfeiertage 1945 verbringen, traum-
haft. Die riesige Villa, alles prima, eine wunderbare
Ausstattung mit Teppichen und schönen, wertvollen
Möbeln, ein großer Plattenspieler, die Terrasse zum
See hin, der wunderbare Wald, die Schlafräume im
Obergeschoß, es duftete alles nach frischen Hölzern.
Essen war ausreichend vorhanden. Mein Schwager
verstand sich nämlich gut auf Tauschhandel, er
betrieb selbst ein Radiogeschäft. In der Traumvilla
konnten wir für ein paar Tage unsere Not vergessen.
Dann mussten wir wieder in die Trostlosigkeit nach
Geilenkirchen zurück.

Abbruch meiner Lehre

Mein Vater versuchte sofort nach unserer Rückkehr bei der Stadtverwaltung Geilenkirchen, dass
ich meine Lehre dort fortsetzen konnte. Die Stadt-

verwaltung befand sich zu der Zeit auf der jetzigen Herzog-Wilhelm-Straße, Ecke An Frankenruh. Das alte Rathaus am Markt war zerstört. Ich bekam sehr schnell eine Absage mit der Begründung, dass kein Personalbedarf bestünde. Später machte ich mir so meine Gedanken. Hatte die Absage womöglich etwas damit zu tun, dass mein Vater als Beamter Parteimitglied war? Oder hatte es eine Rolle gespielt, dass mein Zeugnis von der Stadtverwaltung in Delitzsch von einem kommunistischen Bürgermeister unterschrieben war? Ich kann es nicht sagen. Sicher war für mich nur, dass ich die falschen Karten hatte.

Um über die Runden zu kommen, habe ich mich einmal in eine fragwürdige Sache einspannen lassen. Ein Bekannter hatte mich gebeten, im Hauptbahnhof Düsseldorf eine Aktentasche in Empfang zu nehmen, die ich dann über Aachen und von da aus mit dem Bus in Grenznähe nach Roetgen bringen sollte. Alles klappte nach Wunsch. Mich interessierte natürlich, was sich denn in der ungewöhnlich schweren Aktentasche befand. Es waren kleine Metallplättchen aus Widea-Stahl, offensichtlich Schmugglerware. Meine Eltern verboten mir diese Tätigkeit. Es fiel mir nicht schwer, auf diese Einnahmequelle zu verzichten. Der Lohn war ohnehin spärlich, ein Taschengeld.

Verlegenheitslösung Private Handelsschule

Was jetzt tun? Meine Eltern und ich mussten uns etwas einfallen lassen. Ohne Arbeit herumzulungern war nicht meine bzw. unsere Sache. Mehr aus Verlegenheit entschloss ich mich, eine Handelsschule in Aachen zu besuchen. Hier traf ich auf einen Freund aus Geilenkirchen, der sich in einer ähnlichen Lage befand. Es war die private Handelsschule Anna Löhrer auf der Bismarckstraße in Aachen. Schon vor meiner Aufnahme wurde geklärt, dass wir das Heizmaterial von zu Hause mitbringen mussten. Holz oder Briketts, das war egal.

Das Bahnfahren war zu der Zeit nicht gerade ein Vergnügen. Ständig überfüllte Züge. Woher kamen und wohin fuhren die vielen Menschen denn bloß alle? Ein Vorkommnis: Selbstverständlichkeit war es für mich, älteren Menschen im Zug meinen Platz anzubieten. Das brauchte mir keiner beizubringen. Das Gespür, was sich einfach gehörte, hatte man in sich. Es dauerte nur eine kurze Weile. Ich bot einem mir unbekannten Herrn meinen Platz an. Er bedankte sich freundlich und wollte sich mit einer Zigarette revanchieren. Ich lehnte meinerseits dankend ab mit dem Hinweis, dass ich Nichtraucher sei. Das wiederum versetzte ihn offensichtlich noch mehr in Erstaunen über das Benehmen eines jungen Menschen.

Ein Blick auf mein Abgangszeugnis vom 31. März 1947: Ich wurde mit den besten Wünschen für die Zukunft entlassen und als fleißiger, strebsamer junger Mann empfohlen, mit den Noten 4 x gut und 4 x befriedigend konnte ich allerdings nicht groß glänzen.

Die Entnazifizierung

Sehr früh schon nach unserer Rückkehr in die Heimat wurde die Entnazifizierung der ehemaligen Parteigenossen durchgeführt. Mein Vater musste sich auch dieser Prozedur unterziehen. Es wurde davon geredet, dass 'die großen Fische' bei den Verfahren weniger Schwierigkeiten hatten, als manche 'kleinen' Pg. Ob das immer stimmte, kann ich nicht behaupten. Das Verfahren war bei meinem Vater jedenfalls schnell abgehakt. Er konnte von seiner Herkunft und seiner Haltung her nie 'linientreu' gewesen sein. Mein Vater war kein überfrommer Mensch aber rechtschaffen, pflichtbewusst, kirchentreu und kein Mitglied einer NS-Organisation, wie beispielsweise der SA. Dass mein Vater als pensionierter Beamter als Kreisrevisor die Parteikassen der NS-Ortsverbände zu prüfen hatte, musste nichts mit einer politischen Überzeugung zu tun haben.

Vorsitzender des Entnazifizierungsausschusses war ein Mitglied einer nazifeindlichen Partei, der politisch also 'eine reine Weste' hatte. Er war als integerer Mensch in seinem Heimatdorf bekannt.

Bis zum Redaktionsschluß dieses Buches habe ich leider keine näheren Informationen über die Arbeitsweise der Entnazifizierungsausschüsse bekommen können. Mich würde interessieren, auf welcher Rechtsgrundlage diese Ausschüsse gearbeitet haben, welche Kompetenzen sie besaßen, wie ihr räumlicher Zuständigkeitsbereich war, wer die Mitglieder des Ausschusses berief, aus wie viel Mitgliedern er bestand, wie viele und bis zu welchem Zeitpunkt die Verfahren durchgeführt worden sind. Leider habe ich es versäumt, mich zu einem früheren Zeitpunkt mit dem Thema zu befassen.

Neueinstieg ins Berufsleben

Anfang Mai 1947 fand ich eine Anstellung als Bürogehilfe bei einem Baustoffhandel in Erkelenz. Was den Betriebsinhaber veranlasste, von mehreren Bewerbern mich auszuwählen, weiß ich nicht und hatte schon mal folgende Vermutung: Mein Vorstellungsgespräch fand an einem Wochenende statt. Von seiner Privatwohnung aus konnte mein späterer Chef das Betriebsgelände übersehen, auf dem sich seine beiden Jagdhunde herumtollten. Ich hatte deswegen zunächst keine Courage, den Hof zu betreten. Nach dem ich mir Mut zugeredet hatte, wagte ich es dann doch. Die Hunde, es waren Foxterrier, sprangen an mir hoch, taten mir aber nichts. Es kann sein, dass ich damit eine Art Mutprobe in den Augen des Chefs bestanden hatte. Davon war ich überzeugt, in meinen Augen war mein Chef ein 'königlicher Kaufmann'. Das hatte seinen Grund. Er war kein Schwarzhändler im großen Stil, wie einige andere in der Branche. Er bediente sogar die kleinen Leute in den umliegenden Dörfern mit Kohlen. Außer Fahrer und Beifahrer war ich dabei, um Geld und die Bezugsscheine zu kassieren. An besondere, lebensnotwendige Artikel war allerdings auch nur im Wege des Tauschhandels zu kommen. Weihnachten 1947 bekam ich von meinem Chef ein Paar schöne braune Halbschuhe. Ich war sehr glücklich darüber. Ein andermal konnte ich auch umgekehrt meinem Chef eine Freude machen. Er war Zigarrenraucher. Im Zigarrenhaus Hauzeur in Geilenkirchen gab es einmal ganz normal 'Schweizer Stumpen' zu kaufen, an die mein Chef in Erkelenz nicht zu kommen wusste. Ich besorgte ihm eine Packung. Er war sehr verwundert, dass es so etwas gab. Wie bescheiden es 1947/1948 noch mit der Ernährung bestellt war, belegt folgende Geschichte: In meinem Schreibtisch in Erkelenz hatte ich ein Glas mit selbst gemachtem Rübenkraut stehen. Das schmierte ich mir in meinen Pausen aufs trockene Brot, ohne Butter versteht sich.

Es konnte geschehen, dass auch schon mal Dinge im Überfluss vorhanden waren. Ich hatte z.B. einmal mit dafür zu sorgen, dass mehrere Waggons Kalk schleunigst von den Großabnehmern am Güterbahnhof in Erkelenz abgeholt wurden. Die Waggons kamen vom Bahnhof Palenberg, wo sie von der Zeche Carolus Magnus nicht gebraucht wurden. Mit dem Fahrrad fuhr ich zu den Kunden bis nach Immerath und Baal. Das letzte Stück Weg von Baal bis nach Erkelenz zurück legte ich im Windschatten eines Lastwagens auf der holprigen Landstraße zurück. Dabei hatte ich mich ziemlich verausgabt, was mir bei meinem schlechten Ernährungszustand nicht gut bekommen ist. Mein Chef hatte sich schon gewundert, wie schnell ich von meiner Tour wieder zurück kam.

Altes Rathaus in Geilenkirchen, zerstört 1944 (Archiv Stadt GK)

Ein Wochenende stand bevor. Ich fühlte mich nicht wohl. Der Hausarzt stellte den Verdacht auf spinale Kinderlähmung fest, was dann auch in der Klinik in Aachen bestätigt wurde. Es dauerte mehr als zwei Jahre, ehe ich wieder arbeitsfähig war. Ich wusste, dass ich zeitlebens körperbehindert bleiben würde. Unvergesslich ist für mich ein Lichtblick, als ich wieder zu Hause war: Eines Tages kam eine frühere Schulkameradin zu mir nach Hause und fragte mich, ob ich ihr vielleicht Stenografie-Unterricht geben könne. Ich war davon überrascht und hell begeistert, nicht nur, weil sie ein sehr hübsches Mädchen war. Es war für mich die Befreiung aus meiner krankheitsbedingten Isolation.

Zerstörtes Rathaus, Geilenkirchen 1944 (Archiv Stadt GK)

Die Währungsreform

Einschneidendes Ereignis in den frühen Nachkriegsjahren war die Währungsreform im Juni 1948. Das
war die Zeit, in der ich monatelang im Luisenhospital
in Aachen lag, aber schon nicht mehr auf der Isolier-
station. Jeder Bürger bekam vom Staat ein Startka-
pital von 40,00 DM. Uns Kranken wurde dieses Geld
am Krankenbett ausgezahlt, auch mir. Auf meinem
Zimmer lag ein junger Mann. Er war Koch in den
Vier-Jahreszeiten in Aachen und war an Diabetis
erkrankt. Eines morgens war sein Bett leer. In der
Nacht war er plötzlich verstorben.

113

Ich hatte für das Geld im Krankenhaus keine Verwendung und gab es meinem Bruder, der es meinen Eltern geben sollte. Das hat er natürlich auch getan. Seine eigenen 40,00 DM aber war er schon los. Auf Geheiß meiner Eltern sollte er sich von seinem Geld in Aachen einen Anzugstoff kaufen. Dazu hatte er aber kein Geld mehr. Er war, wie er mir sagte, der Versuchung erlegen, und hat sich stattdessen davon eine schöne Armbanduhr gekauft. Auf einen Schlag gab es nämlich nach der langen Notzeit wieder erstaunlich vieles für Geld zu haben. Wir jungen Leute mussten alle erst den Umgang mit Geld erlernen.

Aufkeimendes kulturelles Leben

Erwähnt zu werden verdient aber ebenfalls das schon bald nach dem Krieg wieder aufkeimende kulturelle Leben in unserer Stadt. Die 'Liedertafel Geilenkirchen Hünshoven' hatte zu ihrem ersten Nachkriegskonzert in das Steinbuschbad in Bauchem eingeladen. Damals war die Liedertafel noch ein reiner Männerchor. Unser Dirigent, Lehrer Müllenmeister, war eine bekannte Persönlichkeit in der Stadt. Das Programm wurde eröffnet mit dem Lied 'O bone Jesu'. Der erste Einsatz ging daneben. Der Dirigent winkte ab. Der zweite Versuch klappte dann aber.

Zum Kulturleben der Stadt gehörte zweifellos auch das Lichtspielhaus. Der Kinosaal Johnen war zerstört. Die städtische Turnhalle am Damm war stattdessen für den Kinobetrieb hergerichtet worden.

Wasserturm GK-Bauchem, zerstört 1944 (Archiv Stadt GK)
Neubau des Wasserturmes, 1950 (Privatarchiv Bach)

In diesem Zusammenhang muss ich auch an den kirchlichen Verein 'Die Filmfreunde' denken. Zu den Aufführungen hier vor Ort wurde von dem Vereinsvorsitzenden immer eine Einführung in den auf dem Programm stehenden Film gegeben. In der Regel diskutierte man zu Hause oder sonst wo über den gesehenen Film eifrig weiter.

Wer Schwimmen gelernt hatte, kannte natürlich das Steinbuschbad in Bauchem am Wasserturm. Ein gerne und viel besuchtes privates Freibad. 2 Einmeter-Bretter, 1 Sprungturm mit Drei- und Fünfmeter Brettern, Schwimmer- mit Nichtschwimmer Becken, Planschbecken, Liegewiese, Sandkasten, kleiner Park und große Terrasse, von wo aus man dem Bade-Betrieb zusehen konnte. Damals ein Ausflugsziel für die ganze Familie.

Einweihung des Ehrenmals auf dem Friedhof Hünshoven 1932 (Arch. St. GK)

Hünshovener Kirche nach der Sprengung Jan. 1945 (Archiv Stadt GK)

Wiederaufbau der Hünshovener Kirche St. Johann 1950 (Privatarchiv Bach)

Ehrenfriedhof Geilenkirchen nach dem Krieg (Archiv Stadt GK)

Wer weiß wo die Glocken hingen?

Ein Nachtrag, der Erinnerung wert: Die Kirchenglocken in unserer Heimat. Leider kann ich zu diesem Thema wenig beitragen. Jedermann wusste, dass viele (aber längst nicht alle) Kirchenglocken aus den Türmen unserer Kirchen heruntergeholt wurden, um für die Rüstung eingeschmolzen zu werden. Sie landeten zuerst auf großen Glockenfriedhöfen. Etliche wurden vor dem Schicksal der Vernichtung bewahrt und konnten nach dem Krieg wieder in ihre Heimatkirchen zurückgeholt werden. Vielleicht aber gibt es über das Schicksal der Glocken in unserer Heimat schon längst eine Dokumentation, wenn nicht, wäre das eine dankbare Aufgabe der Forschung.

Umorientierung

Bedingt durch die Einschränkung meiner körperlichen Bewegungsfähigkeit habe ich mich nach neuen Betätigungsfeldern umgesehen und sie auch gefunden. Ganz wesentlich war mir dabei Berufsschuldirektor Theodor Schäfer behilflich. Er versammelte in seiner Wohnung immer viele junge Menschen um sich (er war selbst kinderreich). Er wusste uns für Literatur, Kunst- und Heimatgeschichte und andere Tätigkeiten, z.B. das Schnitzen, zu interessieren. Das war für mich genau das Richtige. Ich lernte begierig mit. Ihm habe ich auch zu verdanken, dass ich während meiner Arbeitsunfähigkeit als Gastschüler die Berufsschule besuchen konnte. Herr Schäfer war ein unglaublich vielseitig beschlagener Mann. Die Begegnung mit ihm war für mich ein Glücksfall. Eine lustige Begebenheit in der Berufsschule: Ich denke an einen Lehrer, der vor der Klasse stand und mit seinen langen Armen herumfuchtelte und dabei mit markiger Stimme sagte: „Komm mir nicht in die Reichweite meiner Propeller".

Ich hatte mir damals in den Kopf gesetzt, Lehrer zu werden. Dazu fehlte mir aber das Abitur. Es gab einen Weg über die Sonderbegabtenprüfung zum Studium an der Pädagogischen Akademie zugelassen zu werden. Ich büffelte wie verrückt, ich hatte sehr viel nachzuholen. Dann die Aufnahmeprüfung in Aachen an der PA. Unter anderen als Prüfungsaufgabe Nacherzählung und Interpretation der Novelle von Stefan Andres 'Wir sind Utopia'. Ich bestand die Prüfung – leider nicht. Niedergeschlagen war ich verständlicherweise. Ich hatte niemanden der mir sagte, dass Niederlagen mit zum Leben gehören. Misserfolge sind dazu da, aus ihnen zu lernen. Heute sage ich mir, dass man jungen Menschen in ihrer Entwicklung geradezu auch Niederlagen wünschen sollte. Ein Mensch, der nicht auch Rückschläge in seinem Leben hat verkraften müssen, ist den Anforderungen des Lebens oft nicht hinreichend gewachsen.

Ein weiterer Glücksfall für mich: Lehrer Bernhard Jussen, Leiter der Laienspielschar in unserer Stadt. Auch ihm habe ich sehr viel zu verdanken. Er war als Laienspiel Fachmann bekannt über die Grenzen unserer Stadt hinaus. Auf Laienspieltagungen, z.B.

in Ratingen, Merkstein und anderen Orten, lernten wir Kapazitäten wie Dr. Ignatz Gentgens von der PA Aachen, Rudolf Mirbt, Hans Haven und andere kennen. Hervorragend, was wir von ihnen hinsichtlich Dicht-, Sprach- und Vortragskunst lernen konnten.

Eigene Theateraufführungen hier am Ort waren selbstverständlich. Bei den Einweihungsfeierlichkeiten der Hünshovener Kirche 1951 z.B. führten wir das Stück: 'Der Gärtner, der sich vor dem Tode fürchtet' auf. Trotz oder vielleicht wegen meiner Behinderung hatte ich die Hauptrolle. Am Ende des Stückes musste ich tot zu Boden sinken. Das war für mich mit der Behinderung ein Problem. Aber sonst konnte ich mit dem Ablauf des Stückes zufrieden sein. Es gab keinen Blackout oder Versprecher. Andere Stücke aus unserem Repertoire: Die Bürger von Calais, Die Teufel von Salamanka, Die Apfelblüte, Wieviel Erde braucht ein Mensch und andere. Schauspiele wie 'Das Wunder von Fatima', von einer anderen Theatergruppe im Steinbuschbad aufgeführt, waren nicht nach unserem Geschmack.

Wir suchten und fanden unsere eigenen weiteren Vorbilder. Meine Mitgliedschaften in der Katholischen Jugend und später auch der Jungen Union waren mir sozusagen von meiner geistigen Orientierung her 'angeboren'. Persönlichkeiten wie Prälat Wolker, Präses der Deutschen Katholischen Jugend oder Pfarrer Bauermann, Präses der KJG in der Diözese Aachen, standen bei mir in hohem Ansehen. Ich kannte diese Menschen nicht persönlich, wusste aber Geschichten von ihnen. Zum Beispiel wurde von Pfarrer Bauermann gesagt, dass er einen Rock verschenkte, wenn er zwei besaß.

Viel Freude bereitete uns die Aktivität im Jugendsingekreis der VHS unter dem Dirigenten Ernst Bartholemy aus Aachen.

Ehrenamtliche Tätigkeiten reihten sich aneinander. Als junger Mann wurde ich in den Schulausschuss der Stadt Geilenkirchen berufen. Die Borromäus Bücherei unserer Pfarre baute ich mit Hilfe eines ganzen Mitarbeiterstabes zu einer 'Jugend-Modell-Bücherei' aus. Das aber war nur der Anfang vieler anderer ehrenamtlicher Tätigkeiten in meinem Leben.

Unsere Spätheimkehrer

Unser damaliger Bundeskanzler Konrad Adenauer reiste nach Moskau. Sein Ziel war unter anderem die Freilassung der deutschen Kriegsgefangenen. Er hat das Unglaubliche erreicht. Tausende Soldaten konnten endlich aus mehr als fünfjähriger russischer Gefangenschaft heimkehren. Mir waren drei Spätheimkehrer aus unserer Stadt bekannt. Mitte 1950 nahm ein Kollege unverzüglich nach seiner Rückkehr aus der Gefangenschaft wieder seine Arbeit beim Finanzamt Geilenkirchen auf. Der Amtsvorsteher empfahl ihm sehr, sich doch von den Strapazen der Gefangenschaft erst einmal zu erholen. Das lehnte er entschieden ab.

„Die Heimkehrer"
Kohlezeichnung des Geilenkirchener Künstlers A. Amedick, 1946
(Zeitschrift HS-Life Nr. 1, 1974)

Ein anderer Fall aus der nächsten Nachbarschaft: Es war am 5. September 1949. Ich sah aus dem Bahnhof Geilenkirchen einen Mann herauskommen in zerschlissener Uniform, aufgedunsen, schlecht aussehend. Es war der Vater von 'Williken', Wilhelm Müller, mit dem ich meine Aufzeichnungen begonnen habe.

Am gleichen Tage kam auch ein entfernter Nachbar und späterer Kollege Wilhelm Schreinemachers wieder nach Hause. Die beiden kamen zufällig mit dem gleichen Zug in Geilenkirchen an. In der Gefangenschaft waren sie aber nicht zusammen in einem Lager.

Dritter Startversuch ins Berufsleben

Seit Mitte 1950 war ich wieder in der Lage, einer Vollzeitbeschäftigung nachzugehen. Ich konnte mich beim Leiter des Finanzamts Geilenkirchen vorstellen. Er wollte nicht alleine über meine Anstellung entscheiden. Er ließ den Personalratsvorsitzenden rufen. Der Amtsleiter fragte ihn: 'Sollen wir es mit Herrn Bach versuchen?' Er willigte ein. Ob ich besonders glücklich war? Das konnte ich nicht sagen. Ich hatte keine Vorstellung davon, welche Aufgaben auf mich zukamen und ob ich diesen gewachsen sein würde. Aus Sorge um meine Zukunft hatte mein Vater sich für mich ins Zeug gelegt und in meiner eigenen Ratlosigkeit quasi für mich die Entscheidung getroffen. Ich sage es schon vorweg. Ich erlebte beim Finanzamt Geilenkirchen eine glückliche Zeit. Teilweise hatte ich mit Kollegen zu tun, die noch mit meinem Vater zusammen gearbeitet hatten. Meine Leistungen fanden Anerkennung. Ich fühlte mich zum ersten Mal bestätigt. Das spornte mich nach meiner eigenen Beurteilung zu Höchstleistungen an. Ich wollte beweisen, als Schwerbehinderter eine vollwertige Kraft zu sein. Der Amtsleiter sorgte dafür, dass ich alle Abteilungen der Finanzverwaltung kennen lernte. Es war die beste Lehre, die ich mir vorstellen konnte. Nach einiger Zeit wählte man mich auch in den Personalrat. Als dessen Mitglied habe ich nebenher dann auch noch die wirtschaftliche Verantwortung des Kantinenbetriebes übernommen. Mit dem Personalratsvorsitzenden arbeitete ich in einem Zimmer zusammen. Ich war sein Mitarbeiter in einem Veranlagungsbezirk. Wir arbeiteten Hand in Hand. Eine Sekretärin brauchten wir nicht wenn es schnell gehen mußte. Ich stenographierte selbst die Diktate meines Chefs. Maschinenschreiben konnte ich auch ganz gut, man sagte mir, schneller als manche Sekretärin. Das hielt ich allerdings für übertrieben. Ich war mit meinem Berufsleben sehr zufrieden. Vor allem aber hatte ich ein ausgezeichnetes Verhältnis zu meinen Kolleginnen und Kollegen, das motivierte mich zusätzlich.

Mein erstes Gehalt bei der Finanzverwaltung (es wurde damals noch bar ausbezahlt) habe ich meiner Mutter überreicht. Ich weiß nicht wer darüber glücklicher war, meine Mutter oder ich.

Landratsamt in Geilenkirchen vor der Zerstörung und spätere...

Kreisverwaltung Anfang der 60er Jahre (beide Archiv Stadt GK)

Die Verhältnisse verbesserten sich langsam. Es gab wieder mehr zu kaufen, als man Geld hatte. Wir kamen alle in ein 'ruhigeres Fahrwasser'. Es waren die Vorboten des 'Wirtschaftswunders'.

Über Jahrzehnte zurückschauend muss man, oder genauer gesagt muss ich mich fragen, ob ich mich dem materiellen Wohlstand nicht zu sehr zugewendet hat, wie z.B. zeitweiser Zweitberuf, Häusle baue, Anschaffungen jeglicher Art tätigen, Kfz-Finanzierung, Ferienreisen, finanzielle Absicherung usw. Das nahm bei dem steigenden Lebensstandard kein Ende. Vor allem: Ist die eigene Familie vor lauter Aktivitäten, auch ehrenamtlicher, dabei nicht zu kurz gekommen?

* * *

Schlussgedanken

In wachen Nächten kommen sie wieder die Geister, die mich nicht loslassen. Verkrustete Erinnerungen an Jahrzehnte zurückliegende Ereignisse brechen wieder auf. Ich frage mich, wie unser Schöpfer das Grauenhafte des Nazi-Terrors hat geschehen lassen können. Er ist doch der Quell des Lebens, so lehrt man uns. Lenkt er nicht auch die Geschicke der Menschen? Warum hat er sie denn nicht so gefügt, ohne weltweit 60 Millionen Menschen den Tod zu bringen? Ich stelle mir lieber einen Gottvater und nicht einen Gottgrausam vor. Gehört das Morden etwa zum Plan Gottes? Von Kain und Abel bis heute haben sich die Menschen offenbar nicht geändert. Es wird weiter in der ganzen Welt gemordet, bis zum heutigen Tag. Geht das in der Geschichte der Menschen ewig so weiter? Wäre es so, sollten wir uns an die Vergangenheit besser nicht erinnern wollen? Ich weiß, es gibt schnelle Antworten darauf, z.B. von wegen freiem Willen der Menschen. Diese überzeugen mich nur halbwegs. Meine Frage geht tiefer. Warum sind Gottes Geschöpfe mit einem freien Willen ausgestattet, wenn sie damit entsetzliches Unheil anrichten können?

Ich finde, dass es eine tröstliche Perspektive gibt: Eine der drei göttlichen Tugenden ist die Hoffnung. Sie ist auch der Grund der Hoffnung auf eine heile Welt, der Grund zu einem immer wieder neuen Ja zum Leben.

Ein Zitat aus Dreizehnlinden von F. W. Weber:

„Und da sich die neuen Tage
Aus dem Schutt der alten bauen,
Kann ein ungetrübtes Auge Rückwärts bli-
ckend vorwärts schauen."

Eine Aussage des Chefs von Misereor, Herrn Pirmin Spiegel, möchte ich wegen der Übertragbarkeit seiner Gedanken auch auf andere Lebensbereiche gerne ergänzend zitieren:

„Wodurch ändern sich Menschen?
Die Geschichte zeigt uns, dass dies vor
allem durch Schmerz geschieht, der am
eigene Leibe erfahren wird.
Das hat man am Grauen des Zweiten Welt-
kriegs gesehen, der in Europa eine Frie-
densunion hat entstehen lassen.
Ich habe die Hoffnung, dass auch der
Schmerz des anderen zum Umdenken und
Andershandeln führen kann – über einen
längeren Zeitraum, mit Hilfe von Reflexion,
Bildung und authentischen Vorbildern."

Das Zitat stammt aus einem anderen Zusammenhang und ist entnommen dem Interview des Hauptgeschäftsführers des katholischen Hilfswerkes Misereor, Pirmin Spiegel, abgedruckt in der Aachener Zeitung vom 27.08.2014, Nr. 198, Seite 3.

Nachwort und Dank

Ungezählte Gespräche mit dem Thema NS-Vergangenheit fanden immer eine lebhafte Resonanz. Sie inspirierten und motivierten mich immer wieder aufs Neue, meine Notizen über diese Zeit fortzuführen.

Es genügte mir nicht, nur Geschichten aus der NS-Zeit und den ersten Nachkriegsjahren zu sammeln. Immer wieder habe ich versucht, von den lokalen politischen Geschehnissen Bezüge zu denen auf höherer Ebene zu finden. Zu bedeutsamen politischen Ereignissen habe ich gerne kompetente Historiker zu Wort kommen lassen.

Vielen bin ich zu besonderem Dank verpflichtet: Meiner Frau für ihre Geduld mit mir, meiner Tochter Mechthild für ihre unermüdliche, kritische Textdurchsicht und ihrem Freund Eddy für die Gestaltung des Covers und des Buchlayouts, meinem Sohn Christof für die Bildbeiträge und die stetigen guten Ratschläge nicht nur bei der Bedienung des PC, meiner Tochter Birgit mit ihrem Mann Walter für viele Informationen aus dem Internet und meinen Söhnen Gregor und Markus schließlich für die vielen informativen Gespräche.

Nicht zuletzt bedanke ich mich bei dem Archiv der Stadt Geilenkirchen für die freundliche Hilfe bei der Auswahl geeigneten Bildmaterials.

Nachtrag zu meiner These: Mit einem Abstand von 70 Jahren und mehr dürfte längst die Zeit für eine emotionsfreie, sachliche Reflexion der NS-Zeit reif geworden sein.

Manche Leser mögen denken, dass die Kinder und Jugendlichen in der NS-Zeit heute gut Reden haben, aber für nichts, was damals geschah, verantwortlich sind. Einer solchen Feststellung kann ich zustimmen.

Andere sagen, dass man unter einem solchen Satz, 'Mit einem Abstand von 70 Jahren...' auch das Vergessenwollen verstehen könne. Gerade das Gegenteil ist meine Ansicht. Das immer wieder neue Erinnern ist für die nachfolgenden Generationen von existentieller Wichtigkeit.

Wieder andere zeigen sich über den Satz empört, wenn man meine These auch auf die Judenverfolgung und die millionenfache Vernichtung der Juden im Herrschaftsbereich der Nazis einbeziehen würde. Es käme einer Verhöhnung des israelischen Volkes gleich, wenn auch nur entfernt an ein Vergessenwollen gedacht würde. Für ein solches grauenhaftes, beispielloses Verbrechen an den Juden könne und dürfe es kein Vergessen geben. Diese und andere Gedanken drängen sich bei diesem Satz auf.

Als ich meine These 'Mit einem Abstand von 70 Jahren...' niederschrieb, habe ich die Dimension vorstehender Interpretationen kaum überschaut.

Ich habe ihn ohne Bezug zu den Leiden und der Vernichtung der jüdischen Mitbürger verstanden. Meine lebenslange, unveränderte Meinung zu dem Unrecht der Nazis an den jüdischen Mitbürgern dürfte deutlich in dem Kapitel 'Die brennende Synagoge' zum Ausdruck gekommen sein.

In meinen Erinnerungen habe ich versucht, selbst freimütig die Dinge beim Namen zu nennen und mich dabei ohne Scheu zu meiner Zugehörigkeit zum Deutschen Jungvolk bekannt. Meine eigene Familie habe ich dabei von meiner freimütigen Rede nicht ausgenommen.

Gerne nutze ich die Gelegenheit, auf die großartige, beispielhafte Begegnungswoche Anfang September des Jahres 2014 mit vier Überlebenden der Shoa aus Geilenkirchen hinzuweisen. Es war die erste Begegnung dieser Art mit den Überlebenden. Den kompetenten Bürgern und die Verwaltung, die für die Idee, die Planung, Durchführung der Begleitveranstaltungen, Betreuung der Gäste und vieles mehr sich eingesetzt haben, kann nicht hoch genug geschätzt werden. Vor allem die Besuche der Überlebenden in den Geilenkirchener Schulen hat eine nachhaltige Wirkung hinterlassen. Ich zitiere Issachar Ilan, 87 Jahre alt: „Es gibt von meiner Seite kein Vergeben, denn vergeben können nur die Opfer. Es gibt auch keine Schuld derer, die hier heute leben. Die jungen Menschen tragen aber die Verantwortung, dass so etwas nie mehr passieren kann".

Aus Gesundheitsgründen konnte ich persönlich leider an den Begegnungen nicht teilnehmen. Dank der ausführlichen Berichterstattung unserer lokalen Presse habe ich mir wenigstens alle Veröffentlichungen archiviert.

Geilenkirchen, 31. Oktober 2014

Friedrich Bach

Studie: Die zerstörte Stadt 45

Aquarell meines Künstler-Freundes Kurt Lackmann,
Original: Im Privatbesitz der Familie Bach

Zusammenstellung von Abkürzungen und Begriffen aus der NS-Zeit. Ich habe sie mit wenigen Ausnahmen auf die in meinem Text gebrauchten Begriffe beschränkt.

Ahnenpass:	Dokumentensammlung zum Zwecke des Abstammungsnachweises
Antisemitismus:	Judenfeindlichkeit
Arisch:	Begriff aus der Rassenlehre der NSDAP, deutschstämmig
Bann:	Einheit der Hitler-Jugend (HJ)
BDM:	Bund deutscher Mädel
DAF:	Deutsche Arbeitsfront
DJ:	Deutsches Jungvolk, Jugendorganisation der HJ für Jungen zwischen 10 und 14 Jahren
Endlösung:	Endlösung der Judenfrage, Wannseekonferenz 20.01.1942

Entnazifizierung:	Nach dem Krieg durchgeführte Verfahren gegen ehemalige Parteigenossen (Pg.)
Feldpolizei:	Militärstreifendienst
Feldpost:	Portofreie Post von Soldaten an der Front
Flak:	Flugabwehrkanonen
Gau:	Hoheitsgebiet in der Organisation der NSDAP
Gauleiter:	NS Leiter eines Gaues
Gestapo:	Geheime Staatspolizei
GI:	Bezeichnung für einen einfachen Soldaten der US Armee
Gouvernment:	Verwaltungsbezirk
Grenzpost:	Ehemalige Geilenkirchener Zeitung
Hakenkreuz:	Parteiemblem der Nationalsozialisten (NS)
Herrenmenschen:	Im Sinne der Nazis Anderen überlegene Menschen

HJ:	Hitler Jugend, gesamte Staatsjugend
Holocaust:	Aus den Griechischen: vollständig verbrannt, Völkermord
Jungmädel:	Unter 14 Jahren alte Mädchen in der HJ
Jungvolk:	Unter 14 Jahre alte Jungen der HJ
KdF:	Kraft durch Freude, staatlich gelenkte Freizeitorganisation
Kreisleiter:	NS Leiter eines Kreises
KZ:	Konzentrationslager
MG:	Maschinengewehr
Mutterkreuz:	Staatliche Auszeichnung für kinderreiche Mütter
Nazi:	Abkürzung für Nationalsozialist/in
Nero-Befehle:	Letzte Befehle Hitlers vom 19.03.1945 (Verbrannte Erde)

NS:	Nationalsozialistisch/ Nationalsozialismus
NSDAP:	Nationalsozialistische Deutsche Arbeiterpartei
NSKK:	NS Kraftfahrzeugkorps
NSV:	NS Volkswohlfahrt
Parteitage:	hier Kundgebungen und Massendemonstrationen der NSDAP
Pg.:	Parteigenosse, Mitglied der NSDAP
Pimpfe:	10–14jährige Jungen im Deutschen Jungvolk (DJ)
Pogrom:	gewaltsame Ausschreitung gegen Menschen
RAD:	Reichsarbeitsdienst
Reichskristallnacht:	In der Nacht vom 9.11.1938 wurden jüdische Geschäfte und Synagogen in Brand gesetzt
SA:	Sturmabteilung

Schleuser:	Leute, die Menschen z.B. über geschlossene Grenzen führen
Schutzhaft:	Inhaftierung politischer Gegner der Nazis
SD:	Sicherheitsdienst der NSDAP
Shoa:	Aus dem Hebräischen: Unheil, großes Unglück
SS:	Schutzstaffel
Untermenschen:	Im Sinne der Nazis Menschen von geistiger und sittlicher Minderwertigkeit
WB:	Westdeutscher Beobachter, Zeitung der NSDAP im Westen Deutschlands
WHW:	Winterhilfswerk

Detaillierte Erläuterungen dieser Begriffe finden Sie im Internet und in Lexika. Auf besonders ausführliche Erläuterungen verweise ich auf die Museumsschrift Nr. 11 des Kreises Heinsberg mit dem Titel 'Der Nationalsozialismus im Kreis Heinsberg', Seiten 175 bis 184.

* * *

Adolf Hitler: Zweifellos ist er ein Großer, der Geschichte machte, ein großer Verderber, ein Unglück für die Menschen. Er ist verantwortlich für die Folgen seiner eigenen maßlosen Selbstüberschätzung. Er entschied über Leben und Tod der Menschen seines eigenen Volkes und ganzer Völker weltweit. In seiner beispiellosen Verblendung glaubte er selbst an seine eigene Berufung, die ihm von der 'Vorsehung' gegeben sei. In nur 12 Jahren der Nazidiktatur brachte er die Welt an den Rand einer Apokalypse. Er entzog sich den irdischen Richtern durch Selbstmord. Damit entehrte er sich am Ende selbst.

Literaturtipps

Der Neue Brockhaus in vier Bänden,
Copyright 1937, Leipzig,

Der Nationalsozialismus im Kreis Heinsberg,
Zweite erweiterte Auflage, 1990, Museumsschriften des Kreises Heinsberg, Nr.11

Haffner, Sebastian, Anmerkungen zu Hitler,
Fischer Taschenbuchverlag, 1981, Frankfurt

Haffner, Sebastian, Von Bismarck zu Hitler,
Kindler Verlag, 1987, München

Handbuch des Bistums Aachen,
3. Ausgabe. Herausgeber: Bischöfliches Generalvikariat Aachen 1994

Hart, Liddell, Geschichte des Zweiten Weltkrieges, Fourier Verlag Wiesbaden

Knopp, Guido, Hitlers Kinder, Auflage 2000,
C. Bertelsmann Verlag, München

Kogon, Eugen, Der SS-Staat, Lizenzausgabe mit Genehmigung des Kindler Verlags,

Shirer, W. L., Aufstieg und Fall des Dritten Reiches, Bd. I, 1963, Droemersche Verlagsanstalt

Trees, Wolfgang, Krieg ohne Sieg, 1978,
Zeitungsverlag Aachen

Trence Prittie, Konrad Adenauer,
Vier Epochen deutscher Geschichte, 1971,
Goverts-Verlag

Veit, Valentin, Geschichte der Deutschen, 1979,
Droemsche Verlagsanstalt.

Eine nicht unpassende Wortspielerei als Denkanstoß:

> *Der Geist erhellt (im Sinne von erleuchtet)*

> *Der Geist erhält (im Sinne von erhalten,*
> *beschützen, bewahren)*

Wechselt man das Vokabular 'Der Geist' mit 'Er-innern' aus, kommt eine andere sinnvolle Aussage zustande, und zwar:

> *Erinnern erhellt (im Sinne wieder von er-*
> *leuchtet)*

> *Erinnern erhält (im Sinne von erhalten,*
> *beschützen, bewahren)*

Liebe Leser,

der Autor dieses Büchleins sucht laufend weiteres authentisches Material zu folgenden Themen:

- Schulpflicht jüdischer Kinder,

- Arbeit der Entnazifizierungsausschüsse

- Kämpfe um und in Geilenkirchen 1944/45

- Zeitpunkt der endgültigen Einnahme Geilenkirchens durch die Amerikaner

Wir freuen uns über Ihre Zusendung entsprechenden Materials oder sachdienlicher Hinweise.

Unsere Email-Adresse:

friedrich.bach@arcor.de